大王の密使

都丸幸泰
TOMARU YUKIYASU

幻冬舎 MC

大王の密使

古都洛陽を出て、遥か西に向かう。新しい都、大興城がある。男はこの新しい都を初めて見たとき、その巨大さに驚かされたものだ。そして、この二つの都と長江を結ぶ大運河を造ったのが、新しい皇帝だった。更に国中を運河で結ぶことも、進められている。

新皇帝の考えることは壮大すぎて、男には到底、ついていけないものだ。しかも遙か東では、まだ蛮夷との大きな戦《いくさ》も続いているという。

漢王朝の滅亡後、三百年にわたる中華全土の争乱を平定して再び統一した隋王朝。その初代皇帝楊堅《ようけん》の死後に、息子たちの後継争いの戦があった。戦いを制し、国内を安定させたのが、この新皇帝である。

男は新都大興城《だいこうじょう》、後に長安と呼ばれる都の広大な王宮に入っていく。いくつもの衛兵所の検問を経て、玉座の間に、ようやくたどり着く。

本来なら、自分のような官位の者が、直接お目見えできるものではない。この度《たび》の件、皇帝直々の思し召しというのは事実だったようだ。皇帝が玉座から御自ら謁見される。その使命の重さに、あらためて身が引き締められる思いだった。

男は玉座に向かって頭を下げている。どのくらい待ち続けていただろうか。人の動く気配がする。

「面《おもて》を上げよ」

宦官の声がする。恐る恐る頭を上げる。

遙か彼方の高い玉座に人がいる。こちらを興味深そうに見下ろしている。

「そちが、裴世清《はいせいせい》か」

宦官の言葉に、再び頭を下げた。

「この度の東方の倭《わ》国派遣の件、大儀である」

はは、と、裴世清と呼ばれた男は三度、頭を下げた。

「目的は一つである。心得ておろうな」

宦官の言葉が続いた。

「はは。仰せの通りに」

玉座の男は、初めて満足そうに頷いた。

ご退出される、控えよ、最後に宦官の声。

裴世清は頭を床にすりつけた。

もし、使命が不首尾とならば、この首は無いかもしれん、そういうことだろう。

隋王楊広《ようこう》、後に煬帝《ようだい》と諡《おくりな》される二代皇帝は、ゆっくりと玉座を立ってその場を去った。

一

朝の体術の鍛練が終わる。蝶英《ちょうえい》はいつも通り、紀ノ川を見下ろす丘の上で仰向けになった。吹き抜ける風が心地良い。身体の節々の疲れが、少しずつ消えていく。

毎朝の決められた鍛練だ。老師の教えは、十六の少女に対しても手加減はしない。

蝶英。

老師の声で、慌てて身体を起こす。辺りを見渡す。蝶英は笑った。多分、老師の心の声を聞いたのだろう。立ち上がると、丘を離れて小屋に戻る。穴を掘って立てた柱に藁を葺いただけの小屋。老師の姿はない。小屋の入り口にかかった筵《むしろ》を開けると、まだ囲炉裏に火が残っている。水瓶から水を鍋に入れて、囲炉裏にかける。老師が戻らないうちに、今日の食事の支度をしておかなければならない。一掴みの米と芋を鍋に入れた。あとは煮えたら、菜を一束入れればいい。蝶英が火の加減を見ていると、外に老師の気配がする。気がつくと、既に後ろに立っている。静かに蝶英の頭に手を置いた。まだまだ老師の動きには、ついていけない。蝶英が小さく頭を下げると、老師も笑う。

「さあ、蝶英、飯にしよう」

そう言うと、蝶英に向かい合うように腰を下ろした。

食事が終わると、老師はいつものように姿を消した。蝶英は、一人で丘に出て、木剣を振るう。今日も肩が上がらなくなるまで振る。それが老師の教えだった。手を抜けば、すぐにわかってしまう。蝶英が物心がついてから、この日々の繰り返しだった。鍛錬の質や量は、徐々に変化はしたものの、朝の体術、昼の素振り、そして、これからの夜の立ち合い稽古は変わらない。

蝶英は両親の顔も名前も知らない。今の蝶英という名さえ、後に老師がつけたものだ。どうして、自分が老師と共に暮らして、ただ一人の弟子としてその鍛錬を受けているのか。それも知らない。初めから、そういうものだと思っていた。ときどき里で見かける娘や男の子たち。彼らも朝から晩まで親と一緒に畑仕事をしている。それと、同じことだ。老師の家の自分は鍛錬、里の家の彼らは畑仕事。

蝶英は汗を拭いながら、無心に木剣を振るう。

その夜、滅多にないことだが、老師は帰ってこなかった。

都の皇子《みこ》から使いの者が来るなど、予想もしない。行き先も告げずに、人知れず都を去ったつもりだった。まだ自分のことが、都で忘れられていない。いや、ずっと目をつけられていたのかもしれない。大王《おおきみ》や皇子の力が恐ろしくもあった。

老師は使者と騎馬で並びながら、そう思いを巡らしていた。

「老剣《ろうけん》殿。あの高名な武術師範をお迎えに上がれるとは。光栄です」

使者が、そう老師に声をかけた。

老剣。久しぶりにその名を聞いた。老師は苦笑する。

ただの蝶英の武術の師の老師。それが今の自分だった。この使者の若い男は、私が都にいた頃のことは、知らないはずだ。そんな歳ではない。ただ、名前、それも悪《あ》しき名だけが残っているのだろう。あるいは、この使者となるに当たって、予め、そう呼ぶよう教えられてきたのかもしれない。私が都にいたのは、十年も前のことだ。まして剣を振るっていたのは更に昔だ。

軍を退いて、老いて老剣と呼ばれた。そして、とうの昔に都を出た今は、蝶英が先生と呼び、それを見た者が老師と呼ぶぐらいだ。誰も名を知らぬ老人だった。

老剣か。老師は頸を振った。

「老剣殿。斑鳩《いかるが》の宮には」

使者が尋ねた。少し間があって
「いや。初めてだ」

そう答えた。皇子が自らの宮殿を斑鳩に建てられた、とは聞いていた。大王が遷《せん》宮《ぐう》された小墾田宮《おはりだのみや》からは離れた場所という。

「そうですか。美しい宮ですよ。ご覧になれば、きっと驚かれます」

いかに昔の名があるとはいえ、こんな山里に住んでいる男が、この度のお役目に適うのかどうか。

使者は、馬の背に乗る白髪を束ねた老人を見ながら、そう思った。


初めて見る斑鳩の宮。宮殿を囲む長い塀を入って、正面の正殿に向かう。宮殿内を行き交う者たちは、皆、袍《ほう》に袴《はかま》の正装である。老剣も、宮殿に入る前に、粗末な野良着を同じような服装に着替えさせられていた。袍など着るのも、十年振りか、老剣も苦笑する。使者に従って宮殿の階段を昇る。案内の舎人《とねり》と共に、背の高い痩せた男が待っている。褐色の袈裟を着た僧侶である。

「おお、法広殿《ほうこう》」

使者がそう呼びかけると、僧は頭を下げた。

「ここからは私が」

僧は老剣にも頭を下げる。

「それでは、お願いする。確かに老剣殿は、お連れいたした」

使者はそう言うと、老剣にも頭を下げる。

「道中、ご無事で」

そう、老剣にささやいた。道中とは。老剣が怪訝な顔をすると、使者は会釈して背を向けると、宮殿の階段を降りる。微かに哀れみの表情が浮かんでいた。

老剣は僧の顔を見るが、もう正面を向いて歩き始めている。僧の言葉には僅かに訛りがある。海を渡ってきた律を伝える僧かもしれない、そう思った。

老剣は、頭を上げた。十年前、次の大王である日嗣《ひつぎ》の御子《みこ》となった皇子は、まだ微かに昔の少年の頃の面影もあった。今はすっかり大王を補佐する堂々の皇子となっている。

「ご無沙汰いたしております」

老剣の言葉に、厩戸皇子《うまやどのみこ》も笑顔で頷いた。

「老剣。いや、私にとっては昔通りの龍剣《りゅうけん》だ。変わりないな、うれしく思います」

はっ、と老剣も頭を下げる。龍剣という名も、十年、いやそれ以上耳にしていない。まだ都で武術師範をしていたときの名だ。龍派の師範役を退き、その名も返上して老剣と呼ばれるようになった。かつての武術の弟子たちは、海を渡っての戦や、敵味方に分かれての豪族間の争いで失われていった。そんな思いが、一瞬、頭の中を駆け巡る。

老剣は顔を上げた。

「それで、この老い耄れに、何のご用が」

老剣の言葉に、傍らにいた護衛の兵が気色ばんだ。

「無礼だぞ。皇子様に」

厩戸皇子は笑っている。

「かまわん。昔通り。私と龍剣のことだ。おまえたちは下がりなさい」

躊躇している彼らに
「案じるな。それに龍剣は、剣は無くとも、おまえたちより腕は確かだ。今、敵が来ようとも、よほど安心だ」

そう言ってもう一度笑うと、彼らを下がらせた。皇子の前には老剣と、案内してきた僧だけが残っている。

「そう、その隋使の従者殿を紹介しよう。こちらは法広殿」

皇子に紹介されると、法広は深く頭を下げた。

「見ての通りです。洛陽の仏僧でございます」

老剣も頷く。

「つい先日、海を渡って来られた。隋使の裴世清殿と一緒に。今日、龍剣を呼んだのも他でもない。この法広殿にも関わることです」

老剣は頸を傾げる。自分と洛陽の僧と。何の関係が。法広は、こちらを見て穏やかな笑顔を浮かべている。

「皇子様、遅くなりまして」

遅れて若い男が入ってきた。

「親父殿がうるさくてね」

気さくに厩戸皇子に話しかける。皇子が、男を座らせた。

「この前話した、龍派の龍剣殿」

皇子が早速、男に老剣を紹介する。

「龍剣、名前は知っているだろう。これは蘇我英子《そがのえいし》」

老剣は頭を下げる。大臣《おおおみ》の蘇我の末子。若いのに生意気と、あまりいい評判はない男だ。老剣も会うのは初めてだが、都からの噂は流れていた。

「あんたが龍剣か」

英子は老剣を興味深げに見る。

「もう、龍派は無い。その剣士もいない。龍の名は返上した。私はただの老剣だ」

老剣は英子にそう言う。英子も笑う。と、素早く懐から短刀を取り出すと、片膝を立てて、その切っ先を老剣の額に突きつけた。皇子は驚いて身を引いた。老剣は瞬きもせず、表情を変えない。目だけ動かして英子を見ている。

「なるほど」

英子はそう言うと、短刀を懐に戻した。座り直す。

「腕、未だ衰えずか」

老剣は、じろりと英子をにらんだままだ。はっは、と皇子が笑う。

「英子、冗談はよせ。悪い癖だ」

老剣の目が、今度は座っている法広に動いた。今の英子の動きに驚くでもなく、笑みを浮かべたままだ。

「龍剣、この、やんちゃな英子と一緒に、北へ行ってほしい」

皇子が、老剣を見る。

「英子と、その法広殿。二人と一緒に行ってほしいのだ」

北へ。海を渡っての異国の戦場や、西の豪族の征伐ならいざ知らず。北とは。何も無い蛮地。

老剣は怪訝な顔をした。

「北とは」

そのまま言葉にする。

「北。東北だ。蝦夷《えみし》だ。そうだな。法広殿」

皇子がそう言うと、僧の法広が頷いた。

「そこで、八百年前の渡来人を捜してほしい。古《いにしえ》の秦国から渡って来たという。この法広殿を案内人として」

八百年前。皇子の言葉に、老剣は眉をひそめた。


「まあ、一杯いこう。再会を祝して」

男が杯を掲げた。老剣もそれに合わせて、杯に口をつけた。久しぶりの酒だった。

宮殿を出たところで、旧友に出会い、そのまま屋敷に連れて来られた。老剣が斑鳩に来ることを知り、待ち構えていたようだ。老剣にとっても、都の最新の事情を知る、いい機会だった。

「変わらないな、おまえは」

男は、老剣の姿を懐かしく見ている。海を渡り、何度も同じ戦を生き延びた戦友でもある。

「何を言う。おれは、とうに引退した老い耄れだ。それより、おまえは現役の将軍。昔通りの阿部守人《あべのもりと》だ」

老剣がそう言うと、阿部守人は大声で笑う。

「おれも、老い耄れたよ。二度と海は渡れんし、渡ることもない。このまま、この都で何事もなく朽ち果てる。それが今の、おれの望みだ」

そう言うと、また笑う。

「しかし、おまえは違う」

「今度のことか」

老剣が言うと、守人は頷いた。

「一体、何のことだ。どういうことか、おまえは知っているだろう。皇子様は何をお考えだ」

老剣の言葉に、守人は頷く。

「あの、洛陽の坊主。引き合わされたろう」

「ああ。あの法広とかいう僧、それに蘇我英子。二人と共に蝦夷に行く。人捜しに。それだけだ。おれが今日、皇子様からお聞きしたのは」

「そう。あの坊主が全ての始まりだ。隋使の裴世清と共に来た。八百年前の渡来人を捜すために」

「それだ。その八百年前」

また、八百年前という言葉。それが老剣は理解できない。遙か昔、何も記録など無かった時代だ。

「ああ。八百年前、渡来人が北の蝦夷にやって来たそうだ。その末裔を捜すのが目的という。隋の皇帝に命じられているのが、裴世清とあの坊主だ。渡来人の子孫の手がかりは、あの坊主が持っているらしい」

「わざわざ隋から」

守人は頷いた。

「しかし、八百年も前のこととなると」

老剣も頸を傾げる。

「ああ。大王も、このやまとの国も、影も形もなかったろう。中華には、もう秦国という王朝があった。その秦国が、やまとの地へ使者を送った。そんなことが記された書が、かの国にはある。まあ、あの坊主の話だ。どこまで本当かは、わからんが」

「そんな昔のことが、残っているか」

老剣は驚いている。中華の国は、遙か昔から栄えて、この国の前身となる国々と交流があったとも、聞いたことがある。

「しかし、その子孫といっても。何のために捜す」

「それよ。それが、表には出て来ない。おれの知っているところも、そこまでだ。どうも皇子様にも、隋の使者は、はっきりとは話していないらしい」

「皇子様は、おれにも何も」

「そうだろう。あるいは、知っていて、とぼけているのかも」

守人は笑う。

「で、どうするつもりだ。隋の坊主と、あの蘇我の倅《せがれ》のお守りをするか」

老剣の空の碗に酒を注ぎ足し、自分の碗にも酒を注いだ。老剣は注がれた酒を一息に飲んだ。ほう、と守人は、更に笑顔になる。

「どうする」

老剣はそう言うと、守人を見直した。

「どうするって。おれは、皇子様に仕えた身だ。今でも、それは変わらない。命じられたら何処にでも赴く。戦だろうと人捜しだろうと。それだけだ」

はっは、と守人は笑う。

「おまえは、もう身を引いたんだろう。海の向こうから帰って。厩戸皇子が日嗣の御子になって、そのとき、退く格別の許しを得たはずだ。違うか」

「もう昔のことだ。良く憶えているな。他人事《ひとごと》なのに」

守人は笑う。

「あの稲妻の龍剣が、剣を置いて引退したんだ。憶えているさ」

今度は老剣が笑う。

「皇子様は、おまえが断らないと知っている。違うか」

守人は老剣を見る。老剣も守人の碗に酒を注ぎながら、見返した。

「そうだ。おれは、それで満足だ。まだ、この老い耄れを憶えていて下さった」

守人は、へっ、という顔をする。

「何も知らされないでか。それでもか」

「剣士は、ただ、戦うだけだ。何のため、など、知る必要はない」

「馬鹿だ。大馬鹿者だ。おまえは。相変わらずの」

そう言われて、老剣はまた笑った。


老剣が宮殿を出た後、僧の法広も離れた迎賓の間に下がっている。今、厩戸皇子は一人残った蘇我英子と向き合って、胡座をかいて座っている。

「それで。あの爺さんがおれのお供か」

英子が言う。

「ああ。大がかりなことはできん。大王も、この度のことは難しいと思っておられる」

「そんなところへ、おれをやる気か」

英子は、にやにやと笑っている。

「しかたがないだろう。蘇我の親父殿の推挙だ」

「おれを、厄介払いしたいのさ」

英子の言葉に皇子も苦笑いする。

「隋使の裴世清殿のたっての依頼だ。協力しないわけにはいかない。裴世清殿を通して、隋王に貸しも作れる」

「しかし、本当にあると思うか。八百年前の秦の文書《もんじょ》なんて。裴世清も法広も、しかとは言わないが。どうも不死の術書があるらしい。恵慈《えじ》師がそう教えてくれた」

英子が高句麗からの学僧の名をあげた。飛鳥での厩戸皇子の仏法の師でもある。

「それに、そもそも不死なんてものが。あると思うか」

英子の言葉に、皇子は真面目な顔になった。

「もちろん、ある。仏法の中に。仏の中に永遠の生はある」

英子は、苦笑して頸を振る。同じ仏教の信徒でも、皇子の仏法論は語り出すと止まらない。

「まあ、仏法はいい。皇子様の仏法は聞き飽きた。おれが訊いているのは、あの法広の探す文書のことだ。それが不死の術書だとしたら。そんなものが、あるとは思えん。あいつは洛陽の坊主というが、何か隠している。どうも信用できない」

「まあ、古の中華に不死の術があった。私も恵慈師に確かめたが、漢の史書にそんな記述があるという。八百年前に、不死の術を探しに東の海に出た者のことが」

廐戸皇子も、師でもある恵慈から仙術という術の名も聞いていた。古来、仏教とは別の教えだという。この斑鳩宮で法広を恵慈に引き合わせたが、互いに挨拶を交わしただけだ。何も話はしなかったようだ。隋と高句麗との関係もあるが、恵慈は法広に関わろうとはしなかった。法広という男に、仏教とは別の匂いを嗅ぎ取ったらしい。

仙術の不死の術など、まやかしのまじない、そのとき恵慈は皇子にそう言い切った。仏弟子として関わるなと、皇子は念を押されていた。

「法広殿の話は仏法と相いれないところもある。ただ、それと隋王の内々の依頼とは別だ。蘇我の親父殿も同じ考えだ」

「それで、おれが割を食ったというわけだ」

英子は笑う。

「まあ、いい。おれも、親父殿の命《めい》は断れない。それに、これでおれも親父殿に貸しができるというものだ」

声を上げて笑う。

「それで、あの坊主が案内役か」

皇子は頷いた。

「ただ、もちろん、あの法広殿はこのやまとの地を知らない。あなたが蝦夷まで案内する。その渡来人の末裔の気配があれば、法広殿がわかるという。不死の術書はともかく、子孫がいれば法広殿の出番となる」

「随分と、あやふやな話だな」

「東国の土着の毛人《もうじん》もいる。兵をつける」

「それが、あの老剣か」

「そういうことだ。戦をするわけではない。大勢の兵は東国では目立つ。かえって邪魔になる。戦も起きかねない。龍剣は役に立つはずだ」

「正規の軍と、若い剣士は西か」

皇子は苦い顔をする。

「そう言うな。政《まつりごと》はいろいろあるのだ。再来月には裴世清殿が難波津から帰国する。それまでには、結果を出すことが重要だ。念を押されている」

「あの坊主次第だな。本当に信用できるか」

「法広殿も、命が叶わなければ、隋で罰を受けるか。それとも、この飛鳥の地に生涯留まるか。二つに一つだ」

「なるほど」

皇子の静かな言葉に、英子は笑って頷いた。そして皇子は傍らの剣を、英子に差し出す。

「これは私の守り刀だ。妖魔をも断ち切る剣。七星剣だ。持っていれば役に立つだろう」

英子は受け取ると、剣を抜いて眺める。真っ直ぐな刀身が、自ら白く輝いている。

「なるほど。妖魔をも断ち切るか」

そう言うと、笑って鞘に収めた。


朝、老剣はいないが、蝶英は丘に上って木刀の素振りをしている。いつもは昼の鍛練だが、今日は続けて行っている。汗をかきながら無心に木刀を振るう。

「蝶英」

老剣の声に、動きを止める。振り向くと、老剣がゆっくりと近づいてくる。

「お帰りなさい」

蝶英がそう言うと、老剣は笑顔になる。

「蝶英、飯にしよう。干し魚がある」

干し魚。滅多に食べられない御馳走だ。蝶英は、喜んで小屋に走っていく。毎日、剣の鍛練を強いているとはいえ、やはり十六の少女であることに変わりはない。老剣も笑顔で蝶英の後を歩いていく。小屋の中では、もう囲炉裏が煙を上げていた。老剣が都で手に入れた干し魚の束を手渡すと、蝶英は手早く木枝の串に刺した。囲炉裏に串を並べる。煮立った鍋に、菜を入れた。

老剣に汁を入れた碗を渡して、自分の碗にも汁を入れる。いい按配に焼けた干し魚の串を取ってかぶりつく。蝶英は、老剣が何処に行っていたかは訊かない。それが、約束事になっている。老剣が話したければ、話すだろう。

「蝶英、私は旅に出る」

老剣が魚を食べながら、口を開いた。えっ、蝶英は驚きながら

「旅。旅って」

問い返した。

「ああ。二月《ふたつき》ほどの旅になるかもしれん」

老剣は笑顔で言う。蝶英はこの山里の周りから出たことはない。旅、というものが想像できなかった。

「東国から、北の遠い国に行く」

北。あの北に見える山も越えていくのだろうか。

「短い旅だ。すぐ帰る。おまえはここで鍛練を続けなさい」

それで昨日から、姿を消した。都に行っていたのだろう。蝶英は頸を振る。

「いやです」

老剣は驚いて蝶英の顔を見た。

「いやです。私も行く。先生と一緒に行きたい」

初めて、師の言葉に逆らった。

「私は先生の弟子です。今は、一人しかいない弟子です。先生と一緒に行きたい。何処へでも」

初めての、心の中の叫び。

老剣は黙った。黙々と食事を続けた。十年前、都の街角の焼け跡で、一人でさまよっていた孤児がいた。その蝶英を拾ってきた日のことを思い出していた。

大きくなったものだ。そして、女子《おなご》といえども、よく鍛練に堪えている。十六だ。男子なら、もう立派な成人だ。

碗を置いた。

「わかった」

えっ、と蝶英も老剣を見る。

「一緒に行こう」

老剣は頷いた。

「北の蝦夷だ」

「えみし」

蝶英が繰り返した。初めて聞く土地の名だ。

「あの山の向こう」

蝶英が尋ねると、老剣が笑う。

「ずっとずっと、その先だ。日が昇るずっとずっと先。北の果ての地だ。おまえも旅の支度だ。私と一緒に、支度すればいい。都の貴人や兵も一緒の旅だ。ここの暮らしのようなわけにはいかない。そして」

老剣は、言葉を切ると蝶英を見つめる。

「おまえは、私の弟子として。一人前の剣士として行くのだ。覚悟はあるな」

「はい。覚悟はあります」

蝶英は、間髪を入れず答えて、大きく頷いた。先生と一緒なら、どんなことでもできる。そう思った。

急いで食べ終えると、片付けを始める。これから初めての、旅の支度なのだ。

斑鳩の宮庭に十人ほどの兵が集まっている。それに見合う馬。兵糧等の輜重車《しちょうしゃ》もある。老剣が兵たちと話している。蝶英は、老剣と自分の荷物をそれぞれの馬にくくりつけていた。見慣れない男に気付く。兵と同じ貫頭衣を着ているが、剣は帯びていない。坊さんのように、短い髪。ひときわ背の高い若い男だ。痩せているが、棒のように、すっと立っていた。

そして何より、気配が読めない。男も、そんな蝶英に気付いたようだ。近づいてくる。

「あなたも、この旅に」

蝶英に話しかけてきた。娘なのに、髪を後ろで縛った猟師のような姿に、戸惑っている。子供に向けてではなく、大人に向けた口調なので、蝶英も、はい、と素直に答えた。

「そうですか。私は法広。僧侶です」

一人、海の向こうの隋という国から来た坊さんが、一緒に行くと聞いていた。この男がそうか、と蝶英は思った。少し言葉に癖があるのも、そのせいかと思う。

「私は老剣先生の弟子で。蝶英と申します」

蝶英はそう言うと頭を下げた。法広は、ほう、という顔をする。

「あなたが、老剣殿の弟子の剣士」

法広は、小さな蝶英の頭から爪先まで視線を走らせる。その瞬間、蝶英は後ろに跳んだ。二間は離れている。一瞬、法広の視線に殺気を感じたのだ。法広は感心したように頷いた。

「なるほど。老剣殿の弟子に、相違ない」

にっこりと笑う。蝶英も感じていた。この男、ただの坊さんではない。老師と同じように、武術の心得がある。

「心強い限りです。よろしく頼みます」

法広は、そう言うと頭を下げた。蝶英も慌ててもう一度頭を下げた。離れて、そんな蝶英を老剣は見ている。そして法広にも目を移した。すると、法広も視線を感じたのだろう。老剣を見て、笑顔で会釈した。隙の無い男だ、老剣はあらためてそう感じていた。


法広は自分の支度を終えると、宮殿の迎賓の間にいる隋使の裴世清の元に赴いた。出発の挨拶もある。裴世清の機嫌は悪い。

「厩戸皇子は、私を倭王に会わせる気はないらしい」

隋使が、蛮夷の王に目通りできない。いや、本来、朝貢する側の冊封《さくほう》の地の王こそ、率先して隋使に目通りを願うものなのだ。これでは、隋の国書も手渡せない。法広は頸を傾げる。裴世清の機嫌が悪くなるはずだ。そんなことが続けば、帰国して、隋王に申し開きもできない。

「夷狄《いてき》の考えることは、われわれには理解できない」

裴世清は頸を振った。

「それで。おまえの方は」

「はい。準備、整いました」

「そうか」

裴世清にとっては、こちらの方で成果を上げることが、重要なのだ。徐福《じょふく》の末裔が見つかれば、倭や高句麗のことなど、ささいなことだ。

法広は裴世清の言いたいことがよくわかる。

八百年前、初めて中華を統一した秦の始皇帝。その命で不老不死を求めて、仙術を究めた方士《ほうし》である徐福が船出した。不老不死の神仙の術があるという、東方の蓬《ほう》萊《らい》の地を目指したのだ。しかし、徐福は二度と、秦や中華の冊封の地に帰ることはなかった。

始皇帝は不老不死が叶わず、十年あまりの治世で没し、間もなく秦も滅亡した。以来、歴代王朝の皇帝は、不老不死の術の探索を続けている。そして初めて隋王の手が、この倭の地に届いたのだ。

「法広。おまえは洛陽で仏法を修め、徐福の仙術を学んだ道士《どうし》だ。徐福の足跡を追えるのは、おまえしかいない」

法広は頷いた。

「厩戸皇子も高句麗の僧から、徐福については聞かされています。高句麗の恵慈はなかなかの学識の僧で、徐福や蓬莱の知識もある。もっとも、皇子らは信じてはおりません。この倭の神々や仏法では理解できないでしょう」

「東夷《とうい》のこの国では無理ないことだ」

裴世清は笑った。

「おまえは、彼らをよく使って、徐福の手がかりを見つけることだ。そして二月以内にこの都に戻ること」

大興城を出てから、くどいほど繰り返されている言葉だった。法広は、最後にもう一度、深く礼をすると、出発の準備をしている宮庭の隊列に戻っていった。

二

隊列の先頭は案内役の兵。蝦夷近くまで往復した経験のある、大犬《おおいぬ》という男。次に蘇我英子。そして隋の僧法広。老剣と弟子の蝶英。兵が十。輜重車を引く馬も含めて、全員、騎馬で進んでいる。

都を出てから七日。いくつかの国造《くにのみやっこ》の地や県を通る。東国の地に入るが、蝦夷の地はまだ先だ。

開けた川の側の平地に出ると、日没前に野営の支度を始めた。馬に水を飲ませて、草場に繋ぐ。兵が薪を集めて火を熾《おこ》す。七日も経つと、それぞれの役割も手慣れたものだ。僧の法広は隊から離れたところで、いつも通り静かに経を唱えている。老剣と蝶英は日々の鍛練に余念がない。そんな彼らを見ながら、蘇我英子は敷物の上に、ごろりと寝そべって酒を飲んでいる。

いつもの光景だった。

遙か遠くから、野営の火を眺めている。彼らが、毎夜火を熾すので、追うことに苦労はしない。近づく危険はおかさない。何しろ、ひどく勘の鋭い男が一人、中にいる。近づいて気付かれると、面倒なことになる。男は自分の気配を消している。遠くの火を確認すると、元の道を戻る。充分に距離があると、確信してから息をついた。

ここにも十人ほどの兵がいる。警戒して、火は熾さない。干《ほ》し飯《いい》を噛むだけの食事だが、これも試練のうちだろう。

「円士《えんし》、どうだ」

戻った男は、声をかけられた。

「連様《むらじ》、予定通りだ」

そう答えると、連と呼ばれた男は頷いた。

「老剣はどうか」

「こちらには気付いていない。ただ、油断は禁物だ」

円士という男がそう言うと、連も頷く。

「まあ、老剣は、弟子だったおまえに任せておく。あとは英子と、それにあの得体の知れない坊主」

あの坊主が全ての始まりだった。紀井の奥地に逃れていた物部《もののべ》の生き残りに、都に潜ませている窺見《うかみ》の者から届いた話。秦の不老不死の術が、この国の何処かに伝えられている。隋使が、厩戸皇子にその探索を依頼した。

不老不死の術を使えば、滅びかけている物部の家の再興も夢ではない。蘇我に代わって大王家を差配する。仏教を廃して、古の神祇《じんぎ》の信仰に立ち戻ることができる。

連と呼ばれた物部仁人《もののべのにひと》は、そう考えていた。

二十年前、蘇我と物部は、朝廷内で仏教の受け入れを巡って争っていた。仏教は韓《から》からもたらされた最新の思想であった。蘇我が仏教を推進したのに対し、古来の神々を尊重する物部は仏教に反対する廃仏派となる。宗教上の争いは、その実、新興豪族の蘇我と守旧派豪族の物部との政治的な争いである。それは武力によって決着した。

蘇我の軍勢が河内国《かわちのくに》の物部の本拠を攻めて、その地で物部は滅んだ。僅かな残党が逃げ延びて、身を晦ませた。その一人が、この物部仁人である。当時、まだ八歳だった物部仁人は、館が炎に包まれて焼け落ちるのを、その目で見ていた。物部配下の剣士だった龍円士《りゅうえんし》に助けられて脱け出し、今まで生き延びている。

それ以来、物部の龍円士は蘇我の龍剣と、同じ龍派の師弟ながら敵味方に分かれたことになる。

剣の手入れをしている龍円士のところに物部仁人が近づくと、傍らに腰を下ろした。手には酒の瓶を持っている。兵らと共に、粗末な食事を摂った後だ。仁人が碗を差し出すと、龍円士は頸を振る。

「相変わらずだな」

仁人はそう言うと、碗に酒を注いで、自ら飲み干した。自分より十歳近く年上の剣士を見る。肉がそげ落ちたような面持ちの龍円士は、仁人に目をやるでもなく、無心に剣を磨いている。何度も、蘇我の追手から、仁人の命を救った剣だった。

「やはり、龍剣、今は老剣と名乗っているが。その老剣と剣を合わせる気か」

龍剣の名を受けて、顔を仁人に向ける。

「必要とあらば」

そう言った。

「老剣がこちらに剣を向ければ、立ち合うことになる。私は、連様を守ることが使命だ。二十年前、大連守屋様《おおむらじ》の最後の言葉でその命を受けた。その命は、今でも生きている」

龍円士は、館で討ち死にした大連の物部守屋《もののべのもりや》の名を口にした。蘇我大臣《そがのおおおみ》や厩戸皇子を戴《いただ》く軍勢に館が囲まれたとき、守屋が仁人を龍円士に託したのだ。龍円士はそれ以来、物部仁人を連と呼んで守り抜いてきた。

龍円士の言葉に仁人は頷く。

しかし、龍円士の本心はもう一つあるはずだ。仁人は知っている。あわよくば、師の老剣を倒して、名実共に龍派を自ら継ぐ。このまま物部は滅んでも、龍派は残る。そして再び、都で剣の名を上げたいはずだ。

「おれの側にいれば、必ず、老剣と剣を合わせる機会があるはずだ。そして、あの坊主の成果を首尾良く奪い、おれが都に持ち帰れば。それで物部の再興も成る。龍派のおまえの名も、この国だけではない。韓や隋まで轟くだろう」

碗の酒を飲みながら仁人がそう言うと、龍円士はにこりともせずに、また剣の手入れを続けていた。

案内役の兵、大犬が先導して、村に入った。畑が続いている中で、ひときわ大きな館がある。塀に囲まれた奥に母屋や倉がいくつも見える。こちらの一行が近づくと、塀の門が開いた。中から兵がばらばらと出てくる。村に近づいているうちに、気付かれて、伝令でも走ったに違いない。待ち構えていた。

大犬が、英子と老剣に止まるように合図する。兵がこちらを矢で狙っていた。三十は兵がいる。英子の兵も、すぐに弓を取り、剣を構える。

「やめ。武器を下ろせ」

英子の言葉に

「英子様、おれが先に行きます」

大犬はそう言うと、一騎で先に走る。門の前の兵たちが矢で狙っている中で、馬を止めた。大声を出す。

「われらは、都から来た。おれの名は大犬。蘇我英子様の一行だ。前野の県主《あがたぬし》様はおられるか。門を開けろ」

大犬に向かっている、館の兵たちも戸惑っている。やがて、門から大柄な年配の男が出てきた。

「おう。大犬か。久しぶりだな」

大犬も馬を降りた。

「前野主様も、息災で」

男は頷くと、兵に向かって手を振り、下がらせた。

「蘇我英子様の一行です。訳あって、おれが常陸まで道案内している」

「そうか」

英子の方を向く。

「それはご無礼を」

前野の県主と呼ばれる男は、英子たちの一行に向かって頭を下げた。英子たちはその男、前野主の先導で、馬を進める。門から館の中庭に入っていく。館の兵たちは一行を出迎えるよう整列している。英子は馬を降りた。あらためて、前野主が頭を下げる。

「とんだご無礼をいたしました。前野主でございます」

大犬が、前野の地一帯を治める県主で、周りの税の取りまとめもしている、そう、英子の耳元でささやいた。英子もそれを聞いて頷く。

「さあ、こちらへ」

前野主が母屋へ一行を案内した。大急ぎで酒肴の支度が整えられている。やがて歓迎の宴が始まった。

蝶英と老剣は、夕食の前に、いつも通り夜の鍛練をする。都を出てから、立ち合いの鍛練は真剣を使っていた。鍛練を終えて、食事を摂る。英子たちは別室の宴がある。その宴の料理とは別物だろうが、それでも蝶英が見たこともないような、豪華な食事だった。玄米の飯に、焼き魚や煮物がついている。老剣には酒も出ている。

二人は、扉に目をやった。急に、隣部屋との引き戸が開いた。案内役の大犬が入ってくる。

「どうした、大犬」

老剣が声をかける。

「つまらん。おれは案内だから。宴には用無しだ。英子様や坊さんが相手だとさ」

そう言うと、老剣の傍らに腰を下ろした。老剣は笑う。

「まあ、そう怒るな。おまえは、館の主《あるじ》と顔見知りとはいえ、ただの雑兵上がり。顔繋ぎしたあとは、邪魔だろう。ほら、飲んで機嫌を直せ」

老剣は自分の膳の酒を大犬に注いでやる。大犬は一息に飲み干した。

「板東や常陸の国を行き来したおれを、わざわざ呼びつけておいて」

不満そうな大犬の、空になった碗に酒を注ぎながら
「英子様は蘇我大臣の末子だ。そして蘇我は大王を出す血筋の家柄。身分違いも、甚だしい。本来、われらが気安く旅をご一緒できる御方ではない」

そう言うと、大犬も黙ってしまう。

「ここの前野主にとっても同じこと。地方の領主が、直々に会える御方ではない。だからこそ、前野主も、ここぞと自分を売り込みたいのだ。都でより高い位が得られれば、この東国の地での重きが違う」

老剣も、厩戸皇子や大王が、いずれ、隋のように全ての地方に役人を置いて、この国の隅々まで支配を広げたいということを、耳にしていた。

大犬は、それを聞いて頸を振る。

「おれは、そんな政は知らないな。知るはずもない。東国に詳しいことで案内役になっただけだ。老剣殿の言う通り、どうせ、元々はただの雑兵だ」

大犬は酒を飲み干して笑う。蝶英も、そんな二人を見ている。すっかり山の中に籠もっていると思っていた老剣が、都の事情に明るいことに驚いていた。そんな蝶英の顔を見て
「いろいろ、知らせてくれる者がいる。いいことも悪いことも」

そう言うと、笑っている。ときどき小屋からいなくなるのも、都と行き来してい

たのだろう、蝶英はそう思った。老剣と大犬は酒を酌み交わしながら、ぼそぼそと話を続けている。蝶英は部屋の隅で、掛け物にくるまると横になる。そのまま寝息を立て始めた。

翌朝、兵糧や物資を受け取ると、英子の一行は前野主の館を出発する。今回の立ち寄りのもてなしで、都での面会を約している。

「都で、是非、よろしくお口添えを」

英子は帰路も館に寄るだろうが、何度も口にしておくに越したことはない。前野主の言葉に、英子も頷いた。前野主は蝦夷までの、新たな道案内も一人つけてくれる。都からの案内役の大犬は面白くはないが、途中の村の用心のためと言われれば、抗ういわれもない。前野主の配下の烏丸《からすまる》という者が案内に立つ。

出立の準備をしている蝶英に、中庭で珍しい男が目に映った。長身の痩せた男。白くて肩まである髪は結ばず、少し縮れている。変わっているのはその顔だちだ。白くて彫りの深い顔を顎鬚が覆っている。これが蝦夷の顔だろうか。離れの建物の修繕で、人夫と共に丸太を運んでいる。

見入っている蝶英に、烏丸が笑う。

「あれは、渡来人の男」

そう言うと、渡来人と聞いて、法広が目を向けた。しかし、中華の人の顔かたちではない。

「ここでは、吐火羅《とから》人って呼んでますよ」

烏丸が、法広に言う。

吐火羅。西域の国だ。確かに洛陽でも見かける西域人の顔かたちだ。こんなところに西域の人間が。法広は、中華の言葉で男に話しかけてみた。その吐火羅の男は、丸太を担ぐ足を止めて、顔を向けたが頸を振る。

「法広殿。その男には、何処の言葉も通じませんよ」

確かに渡来人といっても、法広の捜す秦の係累とは全く別者のようだ。

「どうして、ここに」

法広が烏丸に問うと、いつの間にか、居ついていたという答えだ。なるほど、東夷の倭といっても広いものだ。四方が海の島国だけある。いろいろな民が流れてくるのだろう、法広はそう感心した。

前野主は門を出た一行が、道の彼方で姿を消すまで見送っている。やがて、門が閉じられた。母屋に戻った前野主を男が待っている。

「出たか」

前野主は頷いた。物部仁人は笑う。

「東国は、昔から物部の地だ。まだまだ、物部の味方もいる」

「私どもも、大連様の御恩は忘れておりません」

東国の氏族間の争いの中で、物部の兵の加勢で敵を破った。何十年も前のことでも、この地にいると、つい昨日の出来事なのだ。都では、とうに忘れられていても、東国の地の者は憶えている。

「仁人様、私の配下の者を、彼らにつけました。まずはご安心下さい」

そう言うと、仁人も頷く。前野主にすれば、本音は蘇我であろうと物部であろうと構わない。どちらにしても、飛鳥と繋がればよいことだ。双方に貸しを作っておけば、いかようにもなる。

「前野主、おまえは賢いな」

仁人は、皮肉な笑いを浮かべる。見抜かれていたか。前野主も、笑顔で黙している。

「褒めている。そうでなければ、地方の氏族など、生き延びられない。いずれ、都の大王の大軍が平定に来る。東国も蝦夷も、そのとき、その旗の色を良く確かめることだ」

そう言うと、立ち上がる。

「いろいろと、世話になった」

それから、傍らの龍円士にも声をかける。

「われらも、後を追う」

龍円士は頷いた。


いつものように蝶英は老剣と、午後の鍛錬に余念がない。前野の館から案内人となった烏丸は、珍しそうに二人のやり取りを見ている。最初はただの従者の親子と思っていた。

「何者だね」

烏丸は兵の一人に訊いた。

「ああ。あれは英子様の護衛だ」

「護衛」

「ああ。昔は、名のある剣士だったらしい」

「あの娘は。男の娘。いや、孫か」

兵は頸を振る。

「いや。弟子だ」

「娘が弟子」

聞いたことがない。剣術使いの娘なんて。

「ああ。偏屈な爺さんだ。もともと、隠居して、山の奥に娘と二人でいたらしい。英子様が都に呼び戻した」

ほう、と烏丸は感心している。

「おい。妙な気を起こすなよ。娘に手を出したら、あの爺さんに殺されるぞ。もっともその前に、娘に殺されるか」

兵は笑って言った。しばらくすると、二人の鍛練は終わったようだ。蝶英は焚き火から離れて座り込んで、剣の手入れをしている。この旅に際して、老剣から初めて与えられた大切な真剣だ。烏丸は懐から小刀を出した。熱心に剣の手入れをしている蝶英を見ている。そのまま、小刀をすっと投げた。

蝶英は矢のように走る小刀には見向きもしない。ただ、右手の人差し指と中指で、小刀の刃をすっと挟んだ。ゆっくりと地面に置いた。それから、烏丸を見た。

「ははは」

大きな笑い声がする。烏丸が振り返ると、あの隋の坊主がこっちを見ていた。

「あの娘は並みの娘じゃない。師匠と十年も剣の修行をしている。剣を投げ返されなかっただけでも命拾いをしたな」

烏丸は頸をすくめた。法広は、笑いながら蝶英を見た。

「蝶英、こっちへ、短剣をくれ」

そう坊主が言うと、蝶英も笑顔で小刀を投げる。

僧である法広は、飛んできた小刀の、その柄をふわりと掴んだ。そして、烏丸に手渡す。

「あの二人の師弟がいれば、英子様も安心だ」

そう言うと、意味有り気に、烏丸に微笑んだ。

「いや、私は別に。ちょっとした、好奇心から」

「ああ。つまらない好奇心は身を滅ぼす。隋でも倭でも、それは変わらない」

そう言うと、また声を上げて笑う。蝶英も、それを見ながら笑っている。老剣が英子と話して帰ってくる。

「どうした」

笑顔の蝶英に問いかけた。

「別に。何でもありません。先生」

そう言うと、剣の手入れを続けていく。

英子の一行は、更に、いくつかの集落の脇を素通りして道を急ぐ。北に進むに連れて、集落が小さくなっていくようだ。

やがて、大犬も烏丸も、全く知らない土地、知らない集落になる。都の大王や地方の領主とも関わらない土地と、そこに住む人々。未踏の地域である。意図しない争いを避けるためにも、集落は避けながら、進んでいく。少ないとはいえ、十人の武装した兵がいる一行である。なるべく、人のいる畑や家の近くを避けて、北に進む。

大犬も案内はしない。途中から加わった烏丸も、前野の地に引き返さずにそのまま同行している。

法広は、このまま北に進むように指示していた。この男は、行き先の方角を知っているらしい。法広は今朝も、北に向かって読経し瞑想にふけっている。それから進むべき道を指示するのだ。英子もそれに従っている。

法広は立ち上がると、後ろにいた英子に笑顔で頷いた。

「進みましょう」

「渡来人の行方は。見えているか」

英子が尋ねると、法広は頷いた。

「彼らの『気』を感じています」

「『気』か」

英子が知らない言葉だ。この僧は、何かと言うと、それだ。ここへきて、常に法広が語る『気』については、英子も理解のしようがない。

旅の途中に一度、老剣に尋ねたことがある。

老剣は、こう英子に話した。

法広に言わせると、『気』はこの世界、自然界の万物の持つ力。山も川も森も獣も。そして人も。全ては、この『気』を持ち、様々な『気』の流れの中で生きている。そして、ただ人だけが、その『気』を意志として発し、受け、操ることができる。

これは中華の古からの教え。八百年前の渡来人の残した『気』。そして今、その末裔が発する『気』。法広は、それを捉えることができる。そのために海を渡って、このやまとの地にやって来た。

老剣はそう言うと笑う。そして、自分は人が人を害しようとする『気』しかわからない。それを、殺気という。人を殺《あや》める修行しかしていないから、殺気しか知らない。

今度は、声を出して笑った。

老剣の説明した『気』とやらは、確かに仏法には馴染まない。高句麗の僧が嫌うのも肯ける。斑鳩での恵慈の言葉を、英子は思い出していた。

法広の言葉に、英子はその顔を見る。

「それで。まだ遠いのか」

法広は頷く。

「まだ、方角ぐらいしか。ただ、『気』を感じるということは、在《あ》る、ということです」

「在る」

どういうことだ、英子は法広を見る。

「そうです。彼らは在る。生きている。末裔たちは、この先の地で確かに生きている。そういうことです」

「それは、隋の地でも感じていた。そういうことか」

そうでなければ、裴世清や法広が、隋王の命で来ることはないだろう。英子が更に尋ねると、法広は頸を振る。

「さすがに海を越えて、『気』を感じ取る術者は、隋広しといえどもおりません」

そう言って笑う。

「『気』を感じなくても知ることはできるのです。その道の卓越した術者がおれば」

「その道とは」

英子が尋ねる。

「仏法も、その一つでしょう」

その言葉に英子が怪訝な顔をすると、更に
「おそらくは、厩戸皇子様であれば、感ずるところはあるでしょう。私の仏法は、まだまだ修行が足りませんが」

そう言って、声を上げて笑った。

真面目なのか、かつがれているのかわからない。いずれにしても、ここまできたら、法広の言う通りにする他はない。この男も空の手で来ているはずはないし、帰るつもりもないだろう。

「わかった。引き続き、法広は『気』とやらの方を頼む」

「お任せ下さい」

法広は頭を下げた。


集落を避けて進む。広い畑が連なっている地は、警戒して進む。十五頭の騎馬と輜重の馬車の一団。畑や山際を通っても、どうしても目立つ存在である。

両側が雑木林の細い道を一列になって進む。隊列の殿《しんがり》にいる老剣が、止めるよう合図した。すぐに先を行く英子のところに駆け上がる。

「どうした」

英子も老剣の脇で馬を止めた。

「囲まれています」

老剣が小声で言う。

「五十ほど」

「まずいことになりましたね。これから山に入るというときに」

法広が並んで言う。

「蹴散らしますか」

大犬が英子と老剣にささやく。英子は、待て、と押しとどめた。

「ここを抜けても、先に村もあるだろう。十の兵では戦いきれない。そもそも、戦のために来たのではない」

ではどうしたら、大犬はそういう顔をする。

「まずは、話してみることでしょう。彼らも戦は望んでいないはず」

そう、烏丸が口を挟んだ。

「都から来た皆さんより、私からの方がいい。良ければ話してみますが」

英子は老剣を見る。老剣は頷いてから、馬を降りる。

「私が一緒に行こう」

そう言うと、腰の剣を外した。蝶英が受け取る。

「おまえはここに残って、英子様と法広殿をお守りしろ」

蝶英が頷いた。

「さあ、烏丸、行こうか」

烏丸も馬を降りる。

「皆、降りろ」

英子が声を上げる。兵も皆、馬を降りる。老剣が周りをぐるりと見回している。それから、一行の後ろの方へ、先に立って歩いていく。囲んでいる兵たちの長が、後ろにいると踏んだようだ。烏丸は、勢いで交渉役として名乗りを上げたが、今になって後悔していた。それでも、老剣の後からついていく。烏丸は何度も振り返った。残る兵は皆、二人の方を緊張して見つめているのがわかる。老剣が足を止めた。林の陰から男が三人出てきた。いずれも剣や槍を手にしている。老剣は両手を広げて、丸腰であることを示した。

「止まれ。何処から来た。見慣れないな」

男が、声を出した。訛りがあるが、わからないというほどでもない。

「われらは、南の前野の地から来た者だ。西の都から来た者もいる」

烏丸が覚悟を決めて、前に出て答えた。更に武器を持った兵が二人を取り囲むようにしている。剣や槍も粗削りな作りで、都の物とは違う。

「前野か。知っている。都もな。聞いたことがある。遠い処《ところ》だ」

男が頷いた。都の大王の威光は、こんな辺境まで届いている。烏丸も感心した。

「それが、どうしてここに。戦仕度の兵と馬を連れて」

男は剣の柄を握り直して尋ねる。

「われわれは、蝦夷の村に行く」

老剣が答えた。

「蝦夷の村」

男は驚いて、他の二人と話している。

「どの村だ」

「わからない。それを探している」

男は笑った。そして
「嘘を言うな。蝦夷の地で、当てもなく村を探すなんて」

剣を抜いて、老剣に突きつけた。

「おまえたちは、先乗りだろう。後から大軍が来る」

なるほど、そういう疑いか、老剣は頷いた。

「それは違う。大軍が来るなら、途中の村からも、知らせがあったはずだ。援軍や警告の。われらは、無用の誤解を避けるために、遠回りして村を素通りしている。更に奥の蝦夷の地を目指しているだけだ」

そう言って、男の顔を見る。

「近くの村から知らせは来たか」

男に言った。男はまた、左右の者と話している。

「いや。おまえの言う通りだ。何もない。わかった。今のところは、そういうことにしておこう」

男は剣を鞘に収めた。周りの兵も武器を下げる。

「おまえたちは、こっちに来い」

男が老剣と烏丸を指さした。

「残った兵たちは、ここで留まれ。動くな。それでいいな」

老剣は頷いた。

「わかった。その前に仲間に、そう話してくる。ここで待っていてくれ。烏丸、おまえはここにいろ」

心細そうな烏丸を残して、老剣は、ゆっくりとした足どりで隊列に戻っていく。

先頭で英子が老剣を待っていた。

「英子様、事情は話しました。一旦、向こうの長に呼ばれるようです」

「そうか」

英子が頷く。

「厄介だが、おまえなら、うまくやれるだろう。われわれはどうする」

「ここで、動かないでいて下さい。一応、向こうの話を聞いておきます。それがいいでしょう」

「わかった」

老剣殿、法広が呼びかけた。

「私も、向こうに一緒に行かせてくれ。この地の周辺の様子がわかれば」

駄目だ、と英子が言下に断る。

「法広に、もしものことがあれば、この旅そのものが、無に帰してしまう。あなたが一番重要だ」

そう続けた。そう言われると、法広も一言もない。老剣は笑って
「法広殿、どうしても行きたいか」

そう尋ねた。法広が頷くと、老剣は英子に向き直る。

「英子様。法広殿は私が守ります。もっとも、法広殿は、自分の身は自分で守れるものと、にらんでおりますが」

自分で守れる、か。英子はそう言うと、法広の顔を見た。そういう目で法広を見たことがなかったのだ。隋の仏僧にして案内役。気のおけない、異国の学者。そう

思っていた。仮に法広に何かあっても、法広自身の意志であれば、隋使の裴世清にも申し訳が立つ。力尽くで止める手立ては無い。

「わかった。ただ、慎重に頼む」

それだけ言う。法広は礼を言って頭を下げた。

「蝶英。法広殿も、私と行く。残るのは、おまえだけだ。英子様を頼んだぞ」

老剣は蝶英に、あらためて声をかける。法広と共に、村の兵の元へ戻っていく。


しばらく村の兵たちに囲まれて歩いていくと、雑木林を抜けて平地の畑に出る。その先に大きな屋敷が見える。高床の丸太造りだ。その後ろには、いくつか小屋も見える。馬も何頭もいるようだ。三人は、最初の男たちに囲まれて、高床への階段を上がる。中に入ると、正面に頭の禿げ上がった老人が座っている。この村の長だろう。

老剣ら三人に、座れと促す。床には毛皮の敷物が敷いてある。熊の毛皮だ。連れてきた兵の長が、老人に耳打ちをしている。

若い女が水入れの器と碗を持って入ってくる。老剣ら三人にそれぞれ碗を渡すと、老人も碗を持つ。器の中は酒だ。女が、碗に酒を注いでいく。皆、酒が揃うと、老人が、三人に、飲め、と促した。老剣と法広は一息に碗を空ける。烏丸は、こわごわ、碗に口をつける。

「大丈夫だ。殺すなら、とっくに手を出してる」

老剣が烏丸にささやく。やっと一口飲んだ。三人が飲んだのを見極めて、老人もゆっくりと碗を飲み干した。そして三人を見る。

「客人よ。都から来たと聞いたが」

老剣は頷いた。

「この男は前野の地だが」

顎で烏丸をさした。

「われらは、西の都、大王の民だ」

「その民が、この地に。この北の、更に奥の村を探していると聞いた」

「その通り。地の果てにあるという村を探している」

「地の果て」

老人は、驚いている。

「この先にも地はある。確かに地の果てまで続いている。この先は、長い冬は雪に埋もれる、極寒の地だ。人はいない」

「行ったことがあるか」

老剣が尋ねると
「ここから先の北の地は、禁じられた地だ」

老人は頸を振る。

「長老殿、その地の先に火の山があるか」

法広が初めて口を開く。

「かつて炎を天に噴き出した山。大きな火の山だ」

法広の言葉で、老人はじっとその顔を見る。黙っている。法広も老人の顔を見つめたままだ。老剣も二人を見ている。烏丸は、落ち着きがない。

「昔、火を噴いたと言い伝えのある山がある。それこそ、おまえの言う通り、地の果てだ」

老人は重い口を開いた。

「そういう言い伝えがある。昔のことだ」

「それは何処に」

老人は、法広の問いに頸を振る。

「それは知らん。北へ行くことは禁じられている。まして、火の山など。その場所は、確かめる術《すべ》も無いし、その必要も無い。ただの昔の話。言い伝えだ」

渡来人の村は火の山に関係している。初めて法広は現実の手がかりを口にした。

老剣は傍らの法広を見ている。

この法広という男、手の内は明かさないつもりだ。老剣は苦笑している。

「北へは、本当に誰も行ったことがないか」

もう一度、法広が念を押すと、老人は怒って黙ってしまう。

「わかりました。いろいろお話、感謝します」

法広は頭を下げた。

「後は、この黒狼《こくろう》に任せる」

そう言うと、老人は立ち上がり、奥に引き揚げた。兵の長で黒狼と呼ばれた男が、老人に頭を下げて見送った。そして、さて、と老剣と法広に向き直る。

「おまえたちの言うことを、信じているわけではない」

そう、まずは、念を押してから言う。

「信じてほしければ、取引をしろ」

「取引」

老剣は顔をしかめる。

「ああ。まず、武器が欲しい」

更に顔をしかめる。

「今、おまえたちの持つ武器を分けてほしい」

老剣は頸を振る。

「それはできない。長い旅なので、必要なものしか持っていない。ここで、少しであろうと手放すと、旅に差し障りがある」

きっぱりと断った。行く土地土地で、ある村にだけ武器を渡すと、その地の村同士の争いに巻き込まれかねないことになる。情勢もわからない土地で、安易に承諾はできないのだ。それは老剣の経験だった。断られると、途端に黒狼は不機嫌になる。

「それなら、この先に行かせるわけにはいかない。力尽くでもな。ここにも兵はいる」

老剣と黒狼は、にらみ合うことになる。

「まあ、待て、待て」

烏丸が、仲に入った。

「この老剣殿は都の人だ。簡単に、すぐに応とは言えない立場だ。そこへいくと、私は前野の館の者だ。前野の武器でどうだ。弓、矢、槍、剣。どれも都の物と遜色は無い」

烏丸の言葉に、黒狼も興味を持ったようだ。烏丸は老剣に

「これは前野主とこの村の取引だ。おぬしも英子様も関わらない」

そうささやいた。そして
「武器は、ここの毛皮や干し肉と交換する取引だ。どうだ」

黒狼に言葉を続けた。

「前野主か」

黒狼は腕を組んだ。

「よかろう」

「ただ、細かい取り決めは、私が前野に帰ってからだ」

「待て。北に行く前に、今、ここに何か置いていけ」

「北へ行けば、帰りにここへ寄る」

黒狼は鼻で笑う。

「生きて帰れればな」

「金《きん》を出そう」

法広が、口を挟んだ。

「その代わり、先へ進む食料を貰いたい」

そう言うと、懐から小さな布袋を取り出す。袋の口を開けて、中の砂金を見せる。黒狼の目が光る。

「金か。いいだろう。何が欲しいか言ってみろ」

法広が、何が欲しい、と老剣を見る。老剣の、米、菜と肉という言葉に、黒狼も頷いた。そして、烏丸を見る。

「約束を忘れるな」

低い声で念を押した。

長老の村から、兵に芋や菜、肉などを持たせて、雑木林で待つ隊列に戻る。村の兵は、一行を監視する命を受けている。囲みを解いていない。

不安で待っていた兵たちは、届けられた肉や菜に喜びの声を上げた。

焚き火の周りで兵は鍋を囲んでいる。英子は、菜の雑炊を碗に盛っている。英子も法広も肉食《にくじき》はしない。英子は老剣から、村の長老らの話を聞いている。傍らに法広がいる。蝶英は外回りで警戒している。

「法広、渡来人は、火の山の近くか」

英子が尋ねた。

「かつて火を噴いたという山を、見ている記憶が残っております」

「記憶が残る」

英子が怪訝な顔をした。渡来人の過去の記憶を、どうやって知ることができるのか。

「そんな文書でも残っているのか」

英子の問いに、法広は答える。

「いえ。たとえそのような文書があっても、海を渡って倭から中華に届くことはありますまい。洛陽には卜占《ぼくせん》に長《た》けた術者がおります」

「卜占。あの亀の甲羅や獣の骨を焼いたりする」

英子は尋ねた。法広も笑う。

「倭の国の卜占とは似て非なるものでしょう。練達の術者は星の動きなどの複雑な仕組みを解いて遠くのもの、過ぎし日の事柄を見通すことができるのです」

「なるほど。では、この旅の結末も」

法広は頸を振る。

「過去と違い、行く末は人により揺れ動きます。星の動きに人が従うのではなく、人が星や天を動かすのです。それゆえ、これから起ることについては、見通すことはできません。例えば英子様や厩戸皇子様の行く末についても」

法広は意味有りげに笑う。英子は
「なるほど。そういうものか。隋の卜占は」

そう言うと、声を上げて笑う。

「確かに、行く末がわかっておれば、人の世もつまらんな。輪廻を解脱した仏にしか、先の世を見渡すことはできないだろう」

合点したようだ。

「われらは、火の山を目指して進むことに」

「左様です。おおよその見当はついております」

法広はそう言うと、菜の雑炊をもう一杯、碗に盛った。

物部仁人は届けられた木簡を読んでいる。英子の一行は火の山を探している。前野から潜り込ませた窺見の者のおかげで、大分、追跡も楽になった。離れてときどき報告を受ける。こうして野営も離れたところとなり、焚き火も熾せるようになった。

「われらも火の山に向かう」

仁人が傍らの龍円士に言う。龍円士は頷いた。仁人は木簡を二つに折って、焚き火の炎に放り込んだ。

三

英子の一行は、夜明け早々に出発する。このまま北に向かう。雑木林を抜けると、緩い坂を上っていく。法広を先頭に進んでいた。ときどき馬を降りて、顔を上げ、日を見ている。それで方角を確かめているらしい。蝶英はそんな法広と、馬を並べて進む。

「法広様。どうして進む方角がわかるんですか」

蝶英は、何の思惑も無しに、素直に尋ねている。法広は苦笑する。

「難しい問いかけだね。そうだな。蝶英。あなたも武術の心得がある」

蝶英は、恥ずかしそうに小さく頷く。

「姿を見なくとも、人の気配を感じることができるでしょう」

「まだまだですが。最近、少しはわかるように」

「そうです。同じことです。修行を積むと、初めはできなかったことも、少しずつできるようになってくる。そして、人の気配も、遠くの気配がわかるようになる。特に、同じ『気』を持つ人間の」

「それは、法広様が、隋の人だから」

「それもあります。同じ修行者同士ということも」

「同じ修行を」

「そうです。仏法も同じです。お釈迦様は千年以上も昔の人ですが、その弟子の阿難《アーナンダ》と私たちは通じ合うものがある。それと同じことです。仏法は、時も世界も超えています。私も同じ、法を使っているのです」

「それで、遠くの同じ修行の人の気配を感じる」

法広は頷いた。

「向こうの人も、法広様の気配を」

法広は、あらためて蝶英を見た。

「そう。同じ修行を積んだ人がいれば。近づく私の『気』を感じているでしょう。あなたは、本当に賢い人だ」

そう言うと、笑顔になった。

法広の後ろで馬に乗る英子は、二人の話が耳に入る。そして、顔をしかめていた。


「あの山を見て下さい」

法広は遠くに見える山の影を指さした。英子と老剣も山の稜線を遠くに見る。

「あの山がそうか」

英子の言葉に、多分、と法広は頷いた。それでも、まだ随分と先だ。これから先は山道が続く。足場も悪く、馬でも危険だった。一歩踏み外せば、崖下に落ちる道もある。

慎重に一列になって山道を進む。

やがて高い山が正面に見え始める。三つの頂が並んでいる。火の山だ。今は何も変化はない。法広は自信に満ちた様子で進んでいる。あの山裾に向かっている。蝶英は法広の背を見ながら慎重に進む。後ろには英子が続いている。老剣は、いつも通り殿にいて、周りを警戒している。北の地の蝦夷に入り、この辺りの山地は、冬の間は雪に閉ざされているのだろう。里とは違う冷たい風を蝶英は感じていた。蝶英の暮らす山ですら、冬には雪が降るのだ。ときどき、法広は馬を降りて、周りを見渡している。そして、地に掌《てのひら》を着ける。気になることがあるようだ。

蝶英は、いつの間にか道が下り坂になっていることに気付いた。

「法広様。下っている」

法広は頷いた。何も言わず、そのまま馬を進める。森の木々が少なくなってくる。丘を越えて下りていくようだ。やがて草原に出た。向こうに山が見えている。一旦、馬を降りる。馬を森の外れに繋いで、馬番に兵を一人残す。

草原の先に壁のようなものが見えている。法広の足どりは自然と速くなった。

「法広殿、待て」

老剣が法広を呼び止めた。

「法広殿、あれがそうか」

英子も、目の前の土の壁のような物を見ながら尋ねた。

「おそらく、そうでしょう」

老剣が近づいて壁を見ている。壁にはいくつか窓が開いているようだ。隙間が縦に三つ並んでいるところもある。

「様子を見てきます」

老剣が英子に声をかけてから、法広と共に歩き始めた。英子と兵たちはその場で待機して、二人が進むのを見守っている。蝶英は英子の傍らに立って、辺りに警戒の意識を張り巡らせている。烏丸は山道の乗馬の疲れで座り込んだ。

老剣がゆっくりと、壁に近づく。壁に人の気配はあるが、殺気はない。特に人の影も見えず、弓などの武器が窓から出ていることもない。更に近づいてみると、壁と思われたものは、砦そのものである。しかも、内側に湾曲している。少し離れて、壁に沿って歩いてみると、これはどうも円形の壁らしいことがわかる。円形の砦なのだ。老剣は初めて見るものだ。法広も珍しそうに、壁に沿って歩いている。

「砦だな」

老剣の言葉に、法広は

「いや。砦にしては小さい。民の住む家かもしれません」

そう答えた。三層の土壁造り。老剣には想像がつかない。民の家といえば、飛鳥でも穴に木を組んでの藁葺きの家だ。このような三層建ての土壁の家は初めて見た。確かに砦にしては、弓を射る窓の大きさや数も足りない。見上げても、一番上の層も、兵が外に向かって矢を射るふうにはできていない。不思議な建物だ。家にしても、大きすぎる。村の長の屋敷、そんなものかもしれない。壁に沿ってぐるりと回ると、一か所、門らしき箇所がある。二人は立ち止まった。

「あそこが門だ」

老剣が指さす。頑丈そうな木の格子の門だ。そこだけは砦の城門のようである。

法広が後ろを向いた。

「老剣殿。後ろを」

言われて振り向くと、その先に、同じような円形の建物がいくつか並んでいる。

「驚いたな。一つじゃない」

これが砦で、中に兵がいるとしたら、十人ほどのわれわれは、すぐに生け捕りか皆殺しだ。そう思うと、老剣も自然に緊張する。

「法広殿、待て」

手前の門に近づいていく法広を、老剣は呼び止めた。法広は僧侶なので、いつも、武器は身に着けていない。法広は振り向いた。

「大丈夫です」

そう言うと、すたすたと、躊躇無く近づいていく。ここは法広に任せるしかないか。一人で行かせるわけにはいかない。老剣は法広の後に続いた。法広は門の前に立った。老剣も並んだ。法広は老剣を見る。

「不安ですか」

老剣は笑って頸を振る。

「いや。大軍が出ようが、魔物が出ようが、な」

そう言うと、腰の剣の柄を叩いた。

門は土壁から大きく開いていて、奥に更に木の扉がある。法広は、老剣に目で合図をして、扉を二度、大きく右の拳《こぶし》で叩いた。

中からの反応は無い。もう一度、どん、どん、と二度叩く。やはり、反応が無い。

法広は大声を上げる。それも、隋の言葉だろう。老剣は知らない言葉だ。もう一度、繰り返している。

しばらくして、扉の向こうで人の動く気配がする。老剣は一歩下がった。法広はそのまま、扉の前に立っている。中で、木の擦れるような音がする。おそらくは閂《かんぬき》でも外す音なのだろう。音がやんだ。

扉が中央で二つに割れて、軋む音を立てながら内側に開いた。老剣は剣の柄に触れる。

向こう側には、女が立っている。二十歳過ぎの、娘といってもいい女だ。驚いたように法広を見ている。法広が話しかける。隋の言葉だろう。老剣にはわからない。話しかけられた女は黙っている。扉の陰から、男の子供も二人出てくる。これもせいぜい七、八歳。女が慌てて隠すようにして、扉の奥に追いやった。

「言葉がわかりますか」

今度は倭の言葉で話しかけた。やはり女は黙っている。

法広は、困っている。すると、女が口を開いた。その言葉に法広は頷いた。やはり、老剣は知らない、隋の言葉らしい。何度か娘とやり取りをしている。

法広が老剣に振り向く。

「思った通り、ここが目的の地です。中華の渡来人の村。言葉は南の言葉です」

「隋の言葉」

「この子らは南の言葉を話す。多分、この家も、南の様式なんでしょう」

法広は門の中に入っていく。老剣もそれに続いた。女たちの他に、人影はない。

門の中に入ると家の様子が良く分かる。確かに家だ。円形の三層の家。ぐるりと建物が円く、中庭を輪のように取り囲んでいる。内側から見ると、三層は廊下が回っていて、落ちないように手摺りもある。中庭にも建物があるが、これは平屋である。法広と老剣は、それぞれ、円い建物を見渡していた。法広が女に何か訊いている。女も答えた。

「ここは十家族ほど住んでいるそうだ」

「それにしては静かだ。何処へ行っている」

女が答えている。

「昼間は、大人は下で畑仕事だそうだ」

なるほど、更にこの土地の下に農地がある。

「まずは、英子様に報告する」

老剣が法広に促すと、頷いた。奥の他の円い家も気がかりだが、英子も気を揉んでいるだろう。法広が女に話している。そして、門を出た。老剣と共に、離れて様子を見ている一行に向かう。二人が出て行くと、女が扉を閉じる。

法広が英子に、今見知ったことを説明している。

「なるほど。渡来人の村。しかし、畑作りの家族の住む家か。そこに、あなたの探しているものがあるのかね」

さあ、と法広も笑う。

「まずは、男らが帰ってきてからでしょう」

女子供だけの家に、剣を持つ者が入り込むのはまずい。戦の火種にもなりかねない。男たち大人が帰ってくるまでは、ここで待つことにする。その間、法広と老剣は、他の円い家の周りを歩いてみる。門が開いた家の他に四つ、合わせて五つの家の村だ。村から下へ続く道もあるが、村人を刺激しないためにも、下りていくことは控えておく。法広の意見で、他の家にも声をかけない。門を開けたあの女にもう一度声をかけて、男らが戻ったら出直すと、念を押した。

英子にそう説明していると、烏丸は不満そうだ。老剣が問いただすと、もし、向こうにその気があれば、守りについたり攻めたりの準備の時間を与えてしまう、それが不安と言う。老剣は、にらみつけた。

「戦を呼び込むような考えは、やめておけ。もし、戦になれば、私は英子様しか守らない。おまえは放っておく。他の兵も同じだ」

冷たい声で言い放った。

「だから、戦にならないことを祈るんだな。そして、戦にならないように、命をかけろ。戦と、どちらかに命をかけるんだったら、その方が得というものだ」

そう言うと、にやりと笑ってみせた。烏丸は顔を赤らめると、こそこそと兵の間に隠れてしまう。兵たちは馬を繋いだ場所で、野営の準備を進めている。


夕暮れ時になって、村の下の方から、人がばらばらと上がってきた。法広と老剣がそれを見ている。

「そろそろだな」

老剣が言うと、法広も頷く。出かけてもいい頃だ。老剣は英子を見た。どうします、そういう目だ。英子も頷いた。

「おれも行こう」

そう言うと前に出た。

「よろしいですか」

もう一度、老剣は念を押した。

よろしいですか、危険もありますが、そういうことか。

英子は理解した。ここで怖じ気づくわけにはいかない。英子の脇には、蝶英が、いつの間にか立っている。

「もちろんだ」

英子も答える。老剣、法広、英子それに蝶英の四人が、再び円い家の門に向かう。下の畑から戻ってきた男らが入ってから、半刻は経っている。兵は、態勢だけ整えて、野営の場所に留まっている。事を荒立てては、うまくいくものも、いかなくなる。四人は扉の前に立った。法広が、扉を叩く。すぐに人の動く音がする。閂が軋む。扉がゆっくりと開いた。

昼間の女が立っている。法広に頭を下げた。

「こちらへどうぞ」

老剣は、女がやまとの言葉を話すことに驚いた。異国のものらしい訛りがあるが、確かにやまとの言葉だ。先ほどは、警戒して話せないふりをしていたのだろう。法広が頷いて、女の後に続く。中庭にある、平屋の家の扉を開けた。奥に入っていく。中は広間になっていて、正面の椅子に男が座っている。白髪の老人で、この村の長のようだ。昼間出て来なかったのは、やはり警戒していたのだろう。

女が老人の脇に立つ。屈んで、異国の言葉で老人に話しかけている。老人が、法広以下、それぞれを見ている。法広が一歩前に出ると、老人に話しかけている。それに対して老人は、ゆっくりと答えている。二人の会話は続いている。法広が英子たちに、座って下さい、そう言った。それぞれ胡座をかいて座る。老剣と蝶英、それに英子は、剣を傍らに置いた。老人は、それは全く気にならないようだ。

英子はしばらく、法広と老人のやり取りを見ている。法広も、老人の口調に合わせて、ゆっくりと話しているようだ。ときどき、女も口を挟む。老人は頷きながら話している。ひとしきり話すと、法広は腕を組んでいる。英子に

「昔のことは知らないそうです。代々この地で、この円の家で暮らしている。とき

どき、蝦夷や遠くの倭の村とも行き来がある。この女が倭の言葉を話すのも、そのためらしいです」

そう説明した。女が、老人に話している。法広とのやり取りを伝えているらしい。

英子は、どうする、という顔を法広に向ける。

「ここで、当分、野営をしましょう。もう少し時間をかけて、調べてみたい」

英子は頷いた。

「そもそも、あなたの国の話だ。気が済むまでしろ。構わない。ただ、食料を貰えるよう村人に頼んでくれ。それに馬に水も」

法広は、頷いて話す。そして、老人に英子と老剣、蝶英を紹介する。老人は、想像通り、この集落の村長《むらおさ》である。朱《しゅ》と名乗る。女は小花《しょうか》という名だ。

四人は家を出て、森近くの野営地に引き揚げる。

「静かな村ですね。私たちを怖がるでもないし。確かに異国の人の村のようだけど。この村が法広様の探していた村で、探しているものが、あるんですか」

蝶英が法広に尋ねた。

「さあ。わからない。もう少し、様子を見てみないとな」

法広は笑顔を見せた。


野営地で兵たちが遅い食事の準備をしていると、先ほどの円い家から人が来る。法広が立ち上がって見ると、あの女、小花だった。後ろに男たち、村人を連れている。法広が歩み寄ると、男たちが芋や菜、干し魚を抱えている。水の桶も荷車に積んでいる。

「食べて下さい。村長からです」

小花が言う。先ほど、食料を頼んでいた。その早速の差し入れに、法広は礼を言う。事情を知った英子も野営の天幕から出て来て、小花と村の男たちに礼を言う。

男たちは、倭人には慣れないためか、食料を渡すとすぐに村の家に帰ってしまう。

小花も帰ろうとするが、蝶英が呼び止めた。

「小花さん、ですよね」

小花は頷いた。

「私は蝶英。花の房に飛ぶ蝶の意味。あなたの名前の花と同じ。あの老剣先生が名前を付けてくれたの」

蝶英は、雨よけの布の下で、胡座をかいている老剣を示した。

「そう。先生なの」

小花は、先ほども家に来た老剣を、興味深そうに見ている。英子の一行の中では、格段に歳を取っている。老剣と呼ばれる通り、もう老人といっていいぐらいだ。

「それに、私は親がいないんです。でも、先生が親代わりなの」

蝶英にとって、二十歳過ぎぐらいの小花は、初めて見る姉のような存在だった。山での老剣との暮らしで、何度か老剣と共に山を下りて里に出たこともある。だが、市で商人相手にやり取りをしてすぐ帰るだけだ。老剣のところにたまに来る客も年配の男ばかり。そもそも、女を見ることがあまりないのだ。特に同じ年代の若い女とは、会ったり、ましてや口をきくこともない。

蝶英は、村の家に戻る小花と並んで歩いている。自然に小花と手を繋いだ。

「村には、若い人はたくさんいるの」

小花は笑った。

「若い人もいる。子供も多い」

「そう」

「でも、段々村の人の数も減っていて。年寄りも多い」

山の中の暮らしは厳しいのだろう、蝶英はそう思う。円い家の門まで来た。

「ありがとう、小花さん。また、来てもいいですか」

「ええ。いつでもいらっしゃい」

そう言うと、小花は扉の向こうに消える。蝶英は扉が閉じるまで、そこで見送っていた。


翌日、再び、法広は円い家に赴いた。英子、老剣、蝶英と、昨日と同じ顔ぶれだ。

門から円い家に入る。

「この円い家は昔から」

英子の言葉に、小花は頷いた。

「ずっと昔から。私が生まれたのも、もちろんここで。やまとの家とは違います」

山を下って、里の家を見たことがある小花はそう言う。円く壁が連なっている中に間仕切りがあって、一層に六つ、部屋が並んでいる。この家も大分、空いた部屋がある。

「昔は、ここも一杯だったと聞いています。今は、村の人も少なくなって。私の一族も、少なくなって」

親類縁者の一族で円い家を造り、中に家族毎で部屋に住んでいるらしい。この円い家は五つあるから、大きく五つの一族があることになる。

「今はどのくらいの村の人が」

「多分、七、八十の家族で三百人ぐらい」

小花が、頭の中で数えながら言う。小花について、家の内側の階段から二階に上がる。円周状の廊下に面していくつもの部屋がある。扉が開いている部屋がある。中を見ると、小さな子供が何人かいる。年配の女が、こちらを見た。驚いて隠れてしまう。

「親が畑に出ているので、子供だけ集めて預かっている」

小花が説明した。

「あの人の子や孫じゃない」

英子が訊くと
「他の子供もいる。この家の、小さな子供だけを集めて世話をしている」

部屋を確認するようにして、小花が答えた。子供は好奇心から、英子らを見ている。中の女が慌てて、子供を庇うようにする。法広が異国の言葉を話すと、かえって女は怯えてしまう。小花が笑って、言葉をかけた。

「友達だから大丈夫。そう言いました」

他の部屋はほとんど留守だ。畑に出てしまっているのだろう。中に人がいても、年寄りの男と女ばかりだ。小花が声をかけながら、廊下を一回りした。

「この村で一番の物知りは誰。昔のことを知っているのは、昨日の村長の朱か」

法広の言葉に、小花は頷く。

「そうか。今日は、朱は」

「もう歳なので、あまり外には出て来ない。今日は休んでいる」

小花は頸を振った。確かに昨日も、けだるそうな様子だった。無理強いもできないだろう。

「他に、昔のことを知っている人は」

「周《しゅう》、という人がいる。その人も長老の一人」

「周か。その人に会わせてほしい」

法広は、昨日の朱にも強い『気』は感じていない。ここに来て、この村の発する『気』は弱まっている。法広の巡らす『気』の網の中に、かかる者はいないのだ。

「周は、下の畑に出ていると思う」

「では、案内してくれないか」

法広が頼むと、小花は頷いた。

物部仁人は、兵が取り次いできた木簡を読んでいる。

蘇我英子らは、渡来人の村にたどり着いた、ただ、目的の物は不明。

仁人は傍らの龍円士に木簡を渡した。龍円士は目を通す。

「隋の坊主が、なんとかするだろう。そのために、わざわざ海を渡ってきた」

「ああ。そう思う。おれたちは、ただ待つだけだ。兵に命じて、山を下りて食料を集めさせろ。これからは、我慢比べになる」

仁人の言葉に、龍円士は笑って頷いた。そして兵の長を呼んだ。


村の円い建物が並んでいる。大きい家もあるし、小さい家もある。大きい家は三十家族が暮らしている。家のある平地から下っていく。その先に畑が広がっていた。畑仕事をしている村人がいる。

「あの畑の持ち主は」

英子が尋ねると、小花は頸を傾げる。

「畑の持ち主。畑は村のもの。皆で耕して、芋や菜を作っている」

なるほど、英子は頷いた。

国も無い。土地も皆のもの。村長も一介の村人だ。作物を納める先もない。それぞれ村人で分けるのだろう。他の世界から隔絶された村でこそ、できることだ。

ざっと見て、畑仕事をしている者は、女が目立つ。年配の女から、まだ若い娘まで。男は年寄りばかりだ。若い男は見当たらない。収穫というのに、人手が少ない。

英子は、畑を見下ろして、そう思う。

法広は小花に続いて、どんどん下りていく。

「若い男が少ないな」

英子が言うと、老剣も頷いた。

「兵として集められているのかもしれない。何処かに遠征しているか。それとも、近くに潜んでいるか」

老剣は、そう、ささやく。飛鳥の兵は、村の外の離れたところにいる。ここまで来ると、すぐには応援は呼べない。

蝶英が立ち止まって、老剣を見た。老剣の目の合図を受け止めている。二人は辺りを警戒しながら畑に下りていく。法広が、畑仕事をしている女たちと話している。

英子が近づくと

「男たちは、狩りに出ているそうです」

そう、英子に報告する。

「狩り」

「山で獣を狩るそうです。男は猟師。肉は食べないが。毛皮や干し肉を蝦夷や倭人の村に売る。角や肝は薬になる。それに山での山菜や茸《きのこ》、薬草採りも」

狩りと聞くと、英子は渋い顔をする。仏教では、生き物の殺生は忌むべきものなのだ。

英子は、昨夜も干し魚の汁さえ、手をつけなかった。小花は笑って、更に先に立って歩いていく。向こうで、女たちに混じって畑仕事をしている男がいる。小花が、周さん、と呼びかけた。男が振り向く。村長の朱よりは若いが、それでも五十がらみの男だ。小花たちが近づいてくるのを待っている。

小花が話しかけている。続いて、法広も話をしている。周は頷いた。

「家に戻ってから、話を聞きます」

法広がそう言う。

「あと少しの作業があるので、私たちが先に戻ります」

元の道をたどるようにして、村の家に向かって上がっていく。小花は今度は、村の一番大きな家に案内した。

「周が、この家の一族の長《おさ》でもあります」

朱の家と同じ円い家だが、一回りは大きいようだ。一層にある部屋の数も多い。中庭には同じように平屋の建物がある。その広間に、案内された。ここで、周が戻るのを待つ。部屋の奥に大きな極彩色を施した絵がかかっている。金色の、ふっくらとした女の姿が描かれていた。しかし、英子の知る観音の姿とも違う。そんな英子を見て、小花が
「あれは、ニャンニャンニュシェン。私たちの女の神様です」

指さして言う。英子は聞いたこともない女の神だ。

「娘娘女神。中華の昔からの女神です。母や娘、命を生み出す女神」

法広が付け加えた。この村は、全く仏教の匂いが無い。英子はそれを感じている。仏の像の代わりに異教の女神像があり、信仰されている。仏僧のはずの法広が、そ

れを意に介さないし、むしろ詳しいようだ。高句麗僧の恵慈の言葉を、英子はまた思い出した。

畑仕事を終えて、周が遅れて広間に入ってくる。早速、法広は、この村の由来を尋ねた。

「この村の由来を知る者は誰もいない。昔から、この地に住みついている。そして、ここから動いてはいけない、他の村と交わってはいけない、そう伝えられている。今では、多少は他の村とも行き来はする。それでも、倭の言葉が話せる者は、この小花も入れて二、三人しかいない」

「どうして、その言い伝えがある」

周は頸を振る。

「わからない。昔からだ。そして、それをずっと守っている。それを伝えていくのも、私らの務めだ」

「昔から伝えられているものは、他にあるか。言い伝えでも、文書でも、何でもいい」

再び、周は頸を振る。

「他の村だ。他の村の民とは関わるな。それだけだ」

「娘娘女神の信仰は」

法広が、あの女神の絵を指し示した。

「それも、昔からの教えだ。伝えるも何もないことだ。初めからある」

なるほど、と法広は言う。そして
「あとは、どの神の絵や像が」

と尋ねると、周は黙る。

「他にあるだろう」

法広が促すと
「娘娘女神と武聖神君《ぶせいしんくん》の像がある」

そう答えた。

「なるほど。武聖神君。戦の神か」

法広がそう言うと、周は法広を見る。

「あんた、方士か」

周は、神仙に詳しいような法広をあらためて見直した。法広は笑う。周の口から出た方士という言葉。仙術の術者。渡来した徐福は、秦の優れた方士だった。周はやはり何かを知っている、法広はそう確信した。

「方士か。今の時代は道士と呼ぶ。だが、私は方士でも道士でもない。私は仏教の僧だ」

そう言って、周を見る。

「武聖神君の像か。そうか。そうだろうな」

そう、口にして法広は頷いている。

「では、徐福はどうだ」

法広は、いきなり核心をついた。

「徐福を知っているはずだ」

「徐福。知らないな。仏教の僧か」

「いや。あなたたちの先祖だ」

知らない、聞いたこともない、もう一度、周はそう言って、頸を振る。

やり取りを聞いている英子には、中華の言葉なので、さっぱりわからない。ただ漠然と聞いているだけだ。二人の会話には、口を挟むような隙はない。

「その徐福とやらは、本当に私らの先祖なのか」

「そうだ。間違いないだろう」

「どういう人だ。何処の人だ」

「秦の人。わかるか」

周は頸を振る。

「この土地、この倭の地の西の海。その海を越えた西の大陸。その昔、秦という国があった。あなたたちもそこから来た」

「西の大陸」

「ああ。私も同じ。そこから来た。徐福はその八百年前の秦の人だ」

「八百年前」

「そうだ。八百年前。時の王の命で徐福が東に船出した。そして、この倭の地にたどり着いた。多分、ここからずっと西の海岸だろう。そこから、この地にやって来て、村を作った。秦の民が、この地の倭人と争わないよう、隠れて暮らすよう、言い伝えを村に残した。村の神々もその海の向こうの地の神だ。おそらく、村の言い伝えは、そんないきさつで残されたのだろう」

周は法広の話を黙って聞いていた。小花も興味深そうに傍らで聞いている。

「私は、その徐福のことを知りたいのだ」

そう言われても、周も戸惑いの表情だ。法広はずっと、『気』の動きを計るべく、知覚の網を周囲に張っている。特に、徐福という言葉の反応を探っている。しかし、予想に反して、何の反応も見られない。周からも小花からも。そして、周囲の空気からも。『気』の動きが無い。かえって、老剣や蝶英の、警戒する剣士としての殺気だけを感じている。

倭の都から微かに感じていた『気』が、すっかり消えてしまっている。海を渡った徐福たちの子孫としての集合した『気』はあったが、個々の『気』は乏しいのか。

そう考えるしかない。法広は戸惑っていた。

倭の地にたどり着いた徐福が、記録を残しておかないということは、ありえない。秦の始皇帝に対して報告する意志はあったはずだ。何処かに記録はある。普通に考えると、隠し場所は二つ。ただ、二つとも、表立って探すとなると、村人と必ず一悶着はある。

法広は考え、そして迷っていた。

老剣が周の平屋を出て帰ろうとすると、蝶英の姿がない。平屋の裏の方で声がする。その方へ行ってみると、屋根のある柵に向かって、蝶英がいる。柵の中をのぞいている。老剣も、柵越しに見る。中には犬がいて、蝶英が腕を伸ばして頭を撫でている。

「猟に使う犬の小屋です。みんな山に出ていますが、山の猪に突かれた犬が一匹だけ居残っています」

小花が、そう老剣に説明した。その声で蝶英が振り返り、恥ずかしそうに頭を下げた。

なるほど、猟犬の小屋までである。村人が猟に出ているというのも、あながち嘘でもなさそうだ、そう老剣は思う。犬小屋の更に奥には馬小屋まである。回ってのぞいてみると四、五頭はいる。蝦夷や里の村との行き来には必要だろう。一番大きな周の一族の家に、犬も馬も集めているようだ。犬と遊んでいる蝶英に声をかける。

「帰るぞ、蝶英」

老剣は門に向かう。すぐに蝶英も後に続いた。まだまだ子供だ、そう法広はつぶやいて微笑んでいた。


四人は野営地に腰を下ろした。周の話を、法広からあらためて聞いた英子も考えている。渡来人の記録。

「あるとすれば、何処だ」

英子が尋ねた。法広は答えない。英子は老剣を見る。老剣も苦笑する。法広に向かって口を開く。

「八百年前の秦の人々が、どういう考えかはわからない。しかし、同じ人間だ。考えることが、変わらないとすれば。今、この国で、子孫に残したいもの。しかし、時が来るまで隠したいもの。そんな木簡や石に刻んだ文書。何処に隠すか。代々、家に伝えていく仏像に納めるか。墓に納めるか。普通にそうする。仏像か墓しかない」

となると、と英子は考えている。老剣は続ける。

「いくつかあるという、この村の神の像の中。それに墓の中。違うか、法広殿」

法広は苦笑して頷いた。そして英子を見る。

もし、像が仏像なら、その中を改めるとなると、英子は躊躇いがあるだろう。墓も同じだ。しかし、異国の神像と墓。異教の神のものなら、話は別だ。英子に、さほど抵抗は無い。兵を使って、強行することもできる。しかし、それでは村人と争いになる。相手が誰にしろ、英子は流血を避けたいはずだ。

「わかった。だが、無理強いはしない。筋を通して、頼んでみよう。あの朱という村長に」

英子は老剣と法広の顔を見て言う。

「しかし、向こうの神についてのことです。早々、是とは言わない」

老剣が言うと

「ここまで来て。空手では帰れん。どうしても、否と言われれば、こちらも兵を動かさざるを得ない」

英子は言い切った。兵を。蝶英は英子の言葉に不安になる。あの人たちに、兵を向かわせるなんて。

「向こうは百人からの男が、山に入っている。猟師なら、弓や槍を持っているはず。もし正面切って向かい合えば、こちらの十倍。勝ち目は無いでしょう」

老剣が、はっきりと口にする。

「老剣、おまえでも百人は無理か」

英子がそう言うと、老剣は曖昧に笑う。まさか百人を斬らせるつもりか、そういう顔をした。

「となると、男たちが戻る前に調べて決着をつける」

英子は続ける。

「明日、終わらせよう。朱と周に従ってもらう」

法広と老剣を見る。

「それでいいだろう、法広」

法広は頷いた。

ただ、それで決着はすまい。その後が、本当に自分の出番だ。まずは英子に、余計な雑草の刈り取りをしてもらう。自分がする収穫はそれからなのだ。老剣を見た。この男の腹は読めない。しかし、邪魔立てすることはあるまい。

法広がそう考えていると、老剣が、法広を見返すようにした。一瞬、二人の視線が、交錯して弾き合う。

そして、法広は素知らぬ振りで、英子に顔を向けた。

「英子様、では、仰せの通りに」

頭を下げた。

猟に出た男たちは、いくつか山を越えて奥に入ったままだ。ここ何日かは帰って来ない。法広は、それだけ小花に確かめておく。

四

翌朝、英子は、兵たちに一旦野営の撤収を命じる。いつでも行動できるように身軽にしておく。馬と馬番一人は、そのまま残して待機させた。

全て準備を終えると、英子、法広、老剣そして蝶英の、村人の見慣れた人間が、朱の家の扉を叩いた。法広が名乗ると、すぐに扉が開く。小花が案内して四人は中庭に入る。兵は扉の外に、知られないように待機している。

「村長の朱と話がしたい」

法広の言葉に
「村長は今日も具合が悪い。会えるかどうか」

小花は迷うが
「大事な話だ。お願いする」

法広の強い言葉に仕方なく頷くと、平屋の建物に入っていく。すぐに小花は出てくる。

「皆さんに、お目にかかると言っています」

蝶英は、ほっとした。

こちらの勝手な働きかけだが、揉め事もなく済むように願っている。無理な願いでも、法広様がわざわざ海を渡って来たのがこのためなのだ。しくじれば、国の王にお叱りも受けるだろう。

誰の味方をするでもなく、ただ平穏にことが過ぎればと、蝶英は思う。

四人が、一昨日の広間で待っている。しばらくすると小花に付き添われて、朱が奥から現れた。正面の椅子に座る。法広が口を開いた。

「何度も申し訳ありません。今日は、大事なお願いがあります。その前に、朱さんは、徐福という名を知っていますか」

朱は、ゆっくりと頸を振る。

「そういう名前の者は、この村にはいない」

「八百年前、徐福とその配下は、この地に渡ってこの村を作った。あなたたちは、その子孫だ。そういうことを聞いたことは」

朱は、驚いたように、また頸を振る。小花も昨日の周との話が、再び繰り返されていることに驚いている。周が知らないと言ったことが信用できないか、そんな顔だ。

「何か、昔のことを書いたものとか、心当たりはないですか」

やはり、朱も知らないと答えた。

「武聖神君の像と娘娘女神の像、他に神々の像は、この村にいくつ」

法広は、話題を変える。

「娘娘女神の像はここに。武聖神君の像は、周の土楼《どろう》に」

法広らの思惑を知らない朱は、正直に答えた。この円い家を、彼らは土楼と呼んでいる。

「その他に、神の像はあるか」

朱は頸を振る。

「あとは、娘娘女神の姿絵が周の土楼に。神君の像と一対になる。村の者は、ここと周の土楼で、お参りをする」

法広は頷いた。

「娘娘女神の像を見せてくれませんか」

法広は渋る朱に、拝礼の間に案内させた。広間より更に大きな間が、その奥にある。部屋の奥に周のところの絵と同じ、黄金色の娘娘女神像が廟に鎮座している。

法広は像の前で跪いて、拝礼した。そして朱に振り向くと
「村の人が亡くなると、何処に葬る」

また、別のことを訊く。

「山に墓地がある」

小花が答えた。

「皆、そこで眠っている」

「大きな墓はあるか。昔の人の」

小花は、さあ、という顔をした。

「朱さん、あなたは知らないか。昔の村長たちの大きな墓」

「どれも小さな墓だ。土饅頭《どまんじゅう》に石が載るだけの。大きな墓は無い」

朱が言う。わかった、と法広が頷いた。

「朱さん、われわれは、あなたがたの先祖の徐福の残した記録を探している。木簡か石板だろう。まず、この娘娘女神の像。そして武聖神君の像。その中に、昔の文書があるかもしれない。調べさせてくれないか」

法広が娘娘女神像を指さしてそう言うと、朱は、一瞬、のけ反り、そしてよろめいた。小花が慌てて支えている。

「とんでもない、何を言うか。罰当たりめ。武聖神君と娘娘女神を調べるなどと」

小花も驚いて、声も出ない。

傍らで英子らも、異国の言葉でわからないながら、やり取りを聞いている。法広が像を指さし、朱と小花が驚く姿を見て、とうとう法広が像を調べることを口にしたことを知る。

驚く朱と小花に、法広は声を上げて笑う。

「娘娘女神の像も、武聖神君の像も、神が像に降りてこなければ、ただの物だ。違うか。それよりも、われわれの先達の徐福が、来るべき日のために文書を残したとなれば、その日は今日のはずだし、受け取るのは私なのだ。私には徐福の伝言を受ける義務がある。秦の始皇帝の、天命による正統な後継者、隋王楊広の使者として。徐福は私を待っていたはずだ」

法広は、思い切り吹っ掛けてみた。

朱は、床に座り込んだ。法広を見つめている。そして目を閉じた。呼吸を整え、気持ちを落ち着かせている。目を開ける。大きく息を吐いた。覚悟を決めたようだ。

「娘娘女神、武聖神君を調べなさい。ただ、おまえは自分の運命を後悔することになる」

そう言うと

「小花、周を呼びなさい。武聖神君も調べるという」

弱々しく立ち上がる。小花が付き添って、奥の寝所に戻っていく。小花は戻ると、周を呼びに行く。

英子も老剣も話の成り行きはわからない。ただ、今の朱の態度から、決着はついたようだ。

「これから、像を調べます」

法広が、振り向いてそう言う。

「揉めていたようだが」

英子がそう言うと
「何。大丈夫です。兵は外で見張りに。山から男たちが戻って来れば、合図をするように」

法広はそう言って、老剣にも指示をした。


小花が周を連れてくる。途中で、いきさつを話したのだろう。昨日とは打って変わって、怒った顔をしている。それでも、村長の朱の頼みということで、自分を抑えているようだ。

「周、すまないな。呼び出して」

法広の言葉に、周は頸を振る。村長の使いが来たから、そう、低い声で言う。

「そうだ。村長の朱も知っている。娘娘女神と武聖神君の像を調べたい。徐福の文書があるかもしれないからだ。何としても徐福のことを、知らなければならない。よろしいな」

周は当然、不服そうだ。自分が何をするべきか、迷っている。

「あなたは、できないだろう。こちらで勝手にさせてもらうぞ」

法広は立ち上がって、像に近づいていく。

「仏僧の私が調べるのだ。丁重に」

そう、周に頷いた。

法広は、もう一度、娘娘女神像の前で膝をついた。頭を床につけて拝礼する。それから立ち上がり、像の廟の裏表を探っている。足元の台座など、隠し扉がないか確かめる。そして像を見る。像の背の高さ六尺、重さは持ち上げると三百斤を超えるだろう。法広は老剣の手伝いを受けて、像を廟から取り出した。像を白い薄い布をまとったまま、ゆっくりと静かに床に寝かせた。足元から像の中が、のぞけるようだ。木彫りの像は中空にできている。法広はしばらく中を見て、そして右手を中に差し入れた。探っている。

手を引いて、像を床から立てるようにした。

「中は空です」

英子に言う。周は、ほら言う通り、という顔をした。法広と老剣は丁寧に、再び像を廟に戻す。像の位置を左右に動かして元通りにする。

法広は最後にもう一度、膝をついて拝礼する。そして周を見た。

「次は武聖神君像だ」

「村長の娘娘女神像はまだしも、私の武聖神君像を調べるなどと。ただではすまんぞ」

周の言葉に、法広は頸を振る。村長の許しは得た、そう言って突っぱねた。法広は周と共に、周の土楼へ向かう。英子は老剣とここで待つ。蝶英が命じられて法広と共に広間を出た。

土楼の門を出ると、兵たちは土楼の壁の陰で待機している。蝶英に向かって、手を上げた。すぐに周の土楼に着いた。周、法広に続いて蝶英も土楼の門をくぐる。

殺気。

蝶英は飛んでくる矢を、剣の抜き打ちで叩き落とす。すぐに法広に駆け寄る。法広も矢を右手の拳《けん》で叩き落とした。

「やめろ」

周が声を出した。蝶英も法広も、矢を射た者に向かって構えている。土楼の三階から、女が二人、弓を引いている。

「やめなさい。部屋に戻りなさい。心配ない」

周の声で、弓を下ろした。周は、構えを解いた蝶英と法広に、許してやってくれ、私のことが心配なのだ、そう言った。

「朱の土楼でも、同じようなことを」

法広が言うと、周は頸を振る。

「さあ。私にもわからん。朱は慕われているが」

「法広様、英子様は先生がついているから。行きましょう。早く終わらせて」

蝶英は、言葉はわからなくとも、二人の様子で感じている。その通りだな、法広はそう言うと、周の背中を小突いて武聖神君像に案内させる。平屋の建物に入り、奥の大きな広間に出た。広間の奥の廟に、八尺近い大きな黄金色の甲冑姿の武聖神君像がある。娘娘女神像に比べても一回りは大きい。二人は像に近づいていく。

「なるほど。武聖神君が、この村の一番の守り神か」

法広が眺めている。

「蝶英、調べるぞ」

老剣が英子についているので、蝶英が手伝うことになった。二人でまずは拝礼する。蝶英も法広の拝礼の所作を真似ている。像が大きいので廟も大きい。手分けして、まず、廟を調べる。隠し扉、引き出しなどは無い。それから像を持ち出して、娘娘女神像と同じように、注意しながら横にする。やはり中の空洞がある。法広も腹這いになって、丁寧に調べている。

立ち上がった。

「何も無い」

「ここにも」

法広は頷く。二人で時間をかけて、丁寧に像を元に戻した。傍らで見ていた周は、怒りに震えているようだ。

「周、そういうことだ。何も無い。あなたの言う通りだ」

今更、何だ、そう周は言いたいだろうが、黙っている。

「悪く思うな。私も、これは命なのだ」

法広は既に、次のことを考えているようだ。

「周。徐福のことだ。何か思い出したら、教えてくれ」

そう、声をかける。再度、二人で武聖神君像に膝をつく拝礼をして、建物を出た。

中庭で蝶英が見上げると、先ほど矢を射った女が、やはり弓を絞り矢をこちらに向けている。法広は、その二人に手を振って、土楼の門を出た。

「これから、どうしますか」

蝶英が訊くと

「さあて。どうするか」

笑って言う。

「徹底的に五つの土楼を家探しするか。それとも、山で墓荒らしでもするか」

蝶英には冗談か本気かわからない。

朱の土楼に向かうと、途中、他の土楼に残る女子供、年寄りの男が出てきて二人を見ている。昨日までとは違う。怒りの空気を蝶英も感じている。殺気ではない、純粋な怒り。法広は、何もないように歩いている。

村をかき回してはみたが、『気』が出て来ない。娘娘女神も武聖神君も、『気』を動かさない。しかし、何処かに徐福の痕跡は残っているはずだ。

徐福は必ず、中華に戻る。蓬莱の地で不老不死の術を得て、中華の皇帝の元に帰る。それが徐福の意志であり、死しても必ずや残っている。それが、法広が得た智見であり、洛陽の術者たちの卜占でもある。徐福の意志は、この東方の蓬莱の地で生きている。そう確信したからこそ、裴世清の下で船に乗った。そして、徐福の『気』。微かな『気』を道標《みちしるべ》にして追ってきた。それが、ここに来て消えてしまった。

原因も因果も、わからない。もう少し、心を鎮めて考える。法広はそう思った。

朱の土楼に戻ると、様子がおかしい。壁際にいた兵の姿がない。扉も閉じている。法広が扉を叩くと、すぐに外から無数の矢が飛んでくる。蝶英は剣を抜いて、矢を次々と叩き落とす。法広も両手を身体の前で回して、矢を払っていく。扉が少し開いた。二人はその隙間から、中に滑り込んだ。老剣がいる。

「怪我は無いか」

二人に尋ねた。法広は蝶英を見て、老剣に、無いと答える。

「どうした、老剣殿」

「山から戻った男たちに囲まれている。見ただろう。相当、殺気立っている」

「村長の朱は」

「まだ、この家にいる。具合が悪くて動けない。それも、男たちが怒っている理由だ」

「今は」

「あの小花という娘がついている。ただ、彼らは、われわれが朱を捕えていると思っている。いきなり襲ってきた」

「それで、兵も中に入ったか。兵に怪我は」

「二人、矢に当たったが、大したことはない」

「そうか。ここで籠城だな」

法広は苦笑する。英子が平屋の建物から出てくる。

「法広。それで周の土楼に、ものはあったか」

英子の問いに、いいえ、と法広は頸を振る。

「残念ですが、見つかりません」

まあいい、と英子は言う。それで、どうする老剣、と声をかけた。

「彼らは兵ではない。いろいろ行き違いがあって、怒っているだけです。まあ、怒るのも、無理もないと言えるでしょう。幸い、ここには村長の朱がいる。朱に事情を話して、彼らを鎮めさせましょう」

老剣は、蝶英、と呼んだ。

「奥に小花がいる。村長の様子を訊いてきなさい」

蝶英は頷くと、平屋に入っていく。すぐに、小走りに戻ってくる。表情が固い。

「どうだ。朱の具合は」

老剣が訊くと
「亡くなっていました」

蝶英が顔を伏せて言う。えっ、と老剣、英子、そして法広も驚く。法広はすぐに家に入っていく。

一番奥の寝所の寝台に、朱は横たわっている。枕元に小花が座っていた。駆け込んできた法広の顔を見上げる。

「どうして」

法広が言うと
「もう、村長は長くはなかった。長い患い。今日、怒って震えて、死期が早まった。でも寿命です。人はいつか死ぬ。必ず死ぬ」

小花は、法広を責めるでもなく、淡々とした口調で言う。

「どう。これでわかったでしょう。徐福の不老不死の術。そんなものは無いのよ。

あれば、この村長も、死ぬことはない」

法広は、驚いて小花を見た。

「どうしてそれを」

「不老不死のこと」

小花は笑う。

「徐福が不老不死を求めて、この地に来たこと。それだけ伝わっている。その子孫であることも。代々の村の長にだけ。でも、長の朱が、次の長を決めずに死んだ。この言い伝えも、これで終わり」

「小花、あなたが伝えればいい」

小花は頸を振る。

「次の村長に女の私が伝えようとしても、信じないでしょう。それに、伝える価値もない。もう、そろそろ、倭の世界に溶け込む時期よ。いつまでも徐福の村では駄目。この村だけでは生きていけない。あなたがたは、お帰りなさい」

しっかりとした小花の言葉に、法広は驚いていた。それでも、気を取り直した。

今の状況がある。

「村人が、ここを囲んでいる」

「いいわ。私が話す。うまく説得できるかどうか、わからないけれど」

そう言うと、小花は立ち上がる。そのまま平屋の外に出る。英子の前に立つ。

「私が話してみる」

「そうか。そうしてくれるか。無益な血を流さないで、収めたいのだ」

「勝手な言葉ね」

小さな声で小花は言う。それでも、英子の言葉に頷いた。老剣が、少し建物の扉を開けた。小花はそのまま扉の隙間から外へ出て行く。

「おれたちが、朱を殺したようなものか」

英子が顔をしかめると
「いや。小花は、病の朱の寿命だったと言っています。それに」

法広は小花が、徐福と村の来歴を知っていたことを話す。先祖の事実だけ、代々の村長が受け継いでいたこと。しかし、ここでも徐福の痕跡は見つからない。徐福が何も残していないはずはない。とすれば、村人が隠している。あるいは八百年の間に、村人に忘れられてしまった。そう、法広は英子に話す。

「小花さんが、男たちの中に入って行った」

扉の隙間から外を見ていた蝶英が言う。しばらく外を見ている。あっ、と小さく声を出す。英子や老剣に振り向いた。

「出てきました」

老剣も外をうかがう。小花が一人、こちらへ戻ってくる。男たちは動く気配はない。老剣は扉を開けた。小花は中庭に入り、英子に向かい合う。

「村人の要求です。あなたたちは、すぐにこの村を立ち去って下さい。それ以外に、何も求めることもない。私たちは、争いは望まない」

そう言って、更に
「朱の死も伝えました。怒る人もいましたが、直接、手を下されたわけではない、もともと病があったことは、皆、知っています。出て行ってもらって、すぐに弔いの殯《もがり》をします」

そう、村人の様子も伝えた。

蝶英は、法広を見る。法広は、徐福の村と知っても、ここから引き下がるだろうか。英子はすぐに、わかった、と言う。

「われわれも、争いや流血は望まない。すぐに引き揚げよう」

そう、小花に告げた。

「ただ、もう今日これからでは遅い。明日の朝、引き揚げる。そう伝えてくれ」

わかりました、小花も頷く。

「聞いての通りだ。皆、引き揚げる支度だ。今夜はここだ。空き部屋を探して休め。屋根のあるところで寝られるのは、ありがたいと思え」

そう、兵に声をかけると、皆、笑った。戦が避けられて、安堵している。小花がまた、外の男たちに伝えに出る。烏丸が、本当に引き揚げるのか、と英子に尋ねた。

「何も見つからない。引き揚げるしかない。これ以上、ここにいるのは危険だ。いつ村人の気が変わるかわからない。引き払って前野の地に戻る。それがいいだろう」

烏丸も、頷いた。本当だろうかと、内心はまだ半信半疑だ。しかし、このまま無事に帰れそうなことに、ほっとしていた。危ない橋を渡るのは、もうごめんだった。

そのうちに、扉の外で音がする。老剣が開けると、猟師の男たちを四人ほど、小花が連れてきた。武器は持っていない。

「村長の朱を、別の土楼に移します」

「周の土楼か」

法広が言うと、小花は頷いた。周の土楼は一番大きく、それに何と言っても武聖神君の像がある。この村の信仰の中心となっているようだ。男たちは建物に入っていく。彼らのやり方があるはずだ。英子たちは、誰も立ち会わない。そのうちに朱が、その名の通りの朱色の布に包まれ、板に載せられて家から出てくる。板の四隅を男たちが担っている。後ろに小花がいる。列は、そのまま土楼を出た。周の土楼に向かっていく。

「今夜から、殯だろう」

英子が言う。まだこの土楼にも、女子供だが村人が残っている。交代で見張りを立てながら、その夜を過ごす。

翌朝、すぐに兵たちは隊列を作って、土楼を出た。村人は見えないが、見張られている気配はある。村外れの馬を繋いだ場で、それぞれ馬に乗り換える。村の外に向かって、来たときの道を逆に進む。しばらくすると上りの坂道となる。道の両側も木々で覆われていく。

半刻ほど進むと、隊列は止まった。法広、老剣、そして蝶英の三人が荷物を持って馬から降りる。そのまま道から外れて立つ。

「首尾良く。気をつけてな」

英子の言葉に、三人は頷いた。そして林の中へ入っていく。烏丸が

「どうしたんです。あの三人」

英子に慌てて尋ねると

「何、忘れ物だ。さあ、行くぞ」

英子は烏丸を促した。隊列は、今度は三頭の空馬を引いて山道を一列に進んでいく。

昨夜、英子が法広と老剣を呼び寄せていた。

「こうなると、中途半端な人数は、かえって邪魔だろう」

英子が言うと、法広も頷いた。

「それに、ここまでの道を案内するのが、そもそもの役目だ。この村まで案内できれば、われわれが出ることはない。この先は、あなたの手腕だ」

「仰せの通り。あとは私の仕事です。良くも悪くも、私の務め。これまで感謝します」

「われわれは、一旦退く。一人では手が足りないときもある。老剣を残す。老剣、これからおまえは、法広に従え。おれの命だ」

「いえ。私は一人で」

法広は頸を振る。

「老剣はきっと役に立つ」

英子の言葉に、法広は考えている。身軽に一人で動くか。それとも一人でも味方がいた方がいいか。徐福について内密なことがあれば、倭人は後々厄介な存在になる。秘密を知った者の処分が必要になるかもしれない。老剣を見る。この男を消すのは簡単ではない。

「私を仕末することなど考えるな。老い耄れの命など、いつでもくれてやる。まずは、あなたの王の命を成し遂げることだ」

老剣は、そんな法広の迷いを見透かすように、低い声で言う。なるほど。まだ手にもしていないのに、その後のことを考えてもしかたがない。法広は笑った。

「よろしく頼む。老剣殿」

頭を下げた。

「先生、法広様。是非、私も」

いつの間にか近づいていた蝶英が、更にもう一歩前に出る。

「蝶英、おまえは、英子様をお守りしろ」

老剣の言葉に、英子は頸を振る。

「この後、おれを襲う奴もいないだろう。それに兵もいる。それでも、討ち死にすれば、それは仏の御心だろう。老剣、連れて行ってやれ。法広もいいだろう。蝶英も役に立つ」

法広は頷いた。一人も二人も同じことだ。腕さえ立てば、それでいい。英子の言葉だ。老剣は、渋い顔をして頷いた。

「ありがとうございます。必ず、お役に立ちます」

そう言って、蝶英は三人に頭を下げた。もうすぐ、日が昇る。


一行から離れた三人は、雑木林の中を、村に向かって戻っていく。林のはずれまで来た。この先は、遠くに土楼が見える場所だ。

「どうする、法広殿」

「まずは墓だ。徐福の墓」

「見つかるかな」

「見つける。墓があれば、わかるはずだ」

もし、徐福の墓があるとすれば、八百年前とはいえ、必ず『気』が残っている。

あれほどの使い手の方士だった徐福だ。秦の始皇帝の命を、未だ成し遂げられない無念の『気』があるはずだ。法広は、それを探し出す自信がある。

村には、徐福のあとを継ぐような道士の『気』は無いが、油断はできない。三人も気配を消して、村を迂回して遠回りしながら、裏の山裾を目指した。日が落ちた中、山裾沿いに回って、平地を探す。比較的、平らな山腹に出る。月明かりの中に、いくつかの土饅頭が並んでいる。土饅頭の上には大きな石が載せてある。法広が近づいて、その石を見ている。

名と享年だけが、荒く刻んである。見渡して百はありそうだが、皆、同じような墓だ。地位とか身分の上下は見られない。今の村にも、村長と長老はあるが、大きな権力でもなさそうだ。世襲も無い。隠すとすれば、やはり徐福の墓だろう。法広は土饅頭の間をゆっくりと歩いていく。左右に目をやりながら、『気』の網も張っていく。

老剣と蝶英は離れて立って、そんな法広の周りに目を配る。そのまま、時が流れていく。何度か、土饅頭の間の道を往復している。やがて立ち止まった。

「ここに徐福の墓は無さそうだ」

老剣たちに向かって言う。

「何か探すにしても、全ての墓を暴くわけにはいかないぞ」

老剣の言葉に法広は頷いた。

「この山裾を、もう少し広げて探ってみる。手伝ってくれ」

八百年間の墓地が、百やそこらの墓石のはずがない。少なすぎる。風雨にさらされて、姿が消えた墓も多いだろう。この辺り一帯が墓地なのだ。

法広は山裾を見渡してそう思った。そして、山裾を北と東西に分けた。北を法広、東を老剣、西に蝶英と分けて、それらしいものを探していく。土饅頭や刻まれた石など、人の手が入ったものに限らない。わずかな土の盛り上がりにも、気をつける。また、強い術者の道士の墓なら、老剣や蝶英も、気配となる『気』を捉えることができる。それが徐福自身の墓でなくとも、過去の道士であれば手がかりとなる。三人は、ゆっくりと動き続ける。その日から翌日にかけて、村人に注意しながら、三人は周辺の山も広く探し回った。しかし、それらしきものは見当たらなかった。

昼間は村人の目があり、林の中に隠れている。山腹の墓地で、朱の埋葬の儀式が行われていた。木棺に入れて、墓の穴に下ろして埋葬する。二十人ほどの成人の男女が集まっている。葬儀の神職らしい赤い派手な服を来た老婆が祈祷していた。

「村の男たちは山か」

遠くから眺めている老剣が言う。畑と猟に出ている村人は、葬儀にはいないようだ。身内や、年寄りだけが参列している。すぐに短い夏も終わり、秋から冬となる。山の中のこの村は特に寒くなるだろう。それまでに冬の支度だ。芋などの収穫と山の猟。それに茸や薬草採り。薪集め。ぐずぐずしてはいられないのだろう。

「猟師たちは、何処で猟をしている」

老剣が言う。

「この山ではない」

一日中歩いてみたが、猟の気配はない。猟師の姿も見ないし、熊や猪の跡も無い。

「もっと遠くの山か」

法広が言うと

「ああ。明日は猟師たちを追おう。山に入っているはずだ。あの彼方の山に、何かあるかもしれん」

そう、老剣が頷いた。

山に入り、猟師たちの足跡を追う。猟師たちは犬を連れている。犬は猟師より遙かに厄介だ。近づけば、追っ手をすぐに見つけてしまう。老剣たちも、彼らに迂闊には近づけない。気配を探りながら、追っている。山の奥に入っていくと、ちらほらと猟師の姿も見ることもできた。

山を歩きながら、老剣は頸を傾げる。

「どうした、老剣殿」

そんな老剣に法広は声をかける。

「猟師の数だ。百人は山へ入っているはずだ。山に散らばっているにしても、数が少ない。見かけたのは、せいぜい五、六人。数が合わない」

老剣の言葉に、法広も頷く。

「朱が死んだときの騒ぎで、一旦村に戻った。それからまた、ほとんどの猟師が出かけている。しかも帰って来ない」

三人の目の前を二頭の鹿が横切る。こちらを見ている。

「それに猟も、熱心でもなさそうだ。獲物も人を警戒していない」

老剣が言う。その声で、鹿は飛び跳ねて逃げていく。

「犬は、違うようです」

蝶英がささやいた。その言葉も終わらないうちに、三方から、犬が飛びかかってきた。

「殺さないで」

法広が、声を出した。老剣は手刀で、飛びかかってきた犬の首筋を打つ。蝶英は剣を鞘ごと抜くと、犬の頭を叩く。法広の拳は犬の鼻面に当たっている。三匹の犬は地面に叩きつけられるが、すぐに跳ね起きて、三人を囲むようにして唸っている。

蝶英が、剣を払うように三匹に向ける。それぞれ、犬は跳んで後ずさりする。

「お逃げ」

蝶英の声で、三匹の犬は頭を垂れると、木々の間に走り去る。

「追っ手を払うように、仕込まれている」

「ああ。われわれを見つけて、けしかけたわけじゃあない」

法広も頷いた。

「犬か」

そして、間を置いて法広が言う。

「そうだな。犬だ」

老剣も頷く。

「犬って」

蝶英が尋ねると、老剣が言う。

「蝶英、おまえに頼みがある」

「はい」

「おまえは犬が好きだろう。仲もいい」

妙なことを言う。蝶英が頷くと、老剣は言葉を続けた。

土楼の外壁は土壁になっている。表面は凹凸《おうとつ》があり、指のかかりはいい。蝶英はゆっくりと上っていく。苦もなく三層の最上階にたどり着く。そのまま廊下に下りる。この最上階の部屋のいくつかには、人が住んでいる気配はある。明かりが漏れている部屋もある。蝶英は、人の気配を避けながら、地上の階に下りていく。中庭に出た。ここも何家族かが住んでいるはずだが、明かりはない。寝静まっている。

建物の奥に小屋がある。板柵の囲いに屋根があるだけの犬小屋だ。蝶英は、懐から干し肉を取り出した。犬小屋に近づく。

「私よ。私。蝶英よ」

そう小声で話しかけながら、更に近づいていく。柵の上からのぞいた。昼間のあのときの犬がいる。暗闇に黒い影が動いている。蝶英の顔を見上げて尾を振っている。猟師たちは、戻っていない。予想通り、犬は一匹のままだ。蝶英は柵を乗り越えて、囲いの中に入る。干し肉を与えて、犬の頭を撫でた。

「黙っててよ。吠えるんじゃない」

そう言いながら、犬の頸に縄を結ぶ。肉を食べ終えた犬は、尾を振って蝶英を見上げている。すぐ裏手の馬小屋の馬を起こさないように注意する。犬が涎を垂らして、寝そべり始めた。干し肉に入れた薬が効き始めたようだ。犬なので、ほんの僅かな量しか使っていない。法広の持つ隋の薬は大した効き目だ。犬を担ぐようにして、犬小屋を出る。そのまま廊下から、空き部屋を探す。扉を開けて、中に入り、窓の閂を開ける。犬と共に外に飛び下りた。犬を担いだまま、駆けていく。

目を覚ました犬は、蝶英の与えた餌を夢中になって食べている。そして、老剣と法広にも干し肉を与えさせ、頭を撫でさせて、馴れるように仕向けている。すっかり、元の主人は忘れてしまったようだ。蝶英に懐いているように見える。猪に突かれたという後ろ足も支障は無さそうだ。

これから、一働きしてもらわねばならない。犬の頭を撫でながら、蝶英が話しかけている。

「おまえは今から犬丸。いい。犬丸よ。わかったわね、犬丸」

犬を前にして、そんなことを話しかけ続けて、頭を撫でてやっている。村人は、犬を猟犬として扱うだけで、あまり構わなかったのだろう。蝶英がそうやって遊んでやると、喜んで有頂天になっているようだ。

「どうだ、蝶英。使えそうか」

「さあ」

使えるかどうかとなると、蝶英にもわからない。こちらの思惑通り動いてくれるか。それとも逃げ出して、元の仲間のところへ帰ってしまうか。それは、一つの賭けでもある。

「大丈夫だな、犬丸」

蝶英がそう言いながら頭を撫でると、小さく鳴いてみせた。

周の土楼では、犬がいないことに気付くはずだ。ただ、犬が逃げただけと思うだろう。逃げた犬はいずれ、帰ってくる。帰ってこなければ、山犬や狼の群に混じってしまったと思う。連れ去られたとは気付かないだろう。それでも、動くのは早い方がいい。

「犬を森に放してしまうと、われわれは、とても追いつけない。彼らにも、気付かれてしまう。引き綱をつけて、犬に、猟師たちが行っていた場所に案内させる」

「行っていた場所」

蝶英が頸を傾げる。そうだ、法広が頷く。

「そこが猟場なのか、それとも別の場所か。それを確かめる。猟師たちが、何処へ行っているのか。犬は知っている」

蝶英は、犬丸の頭を撫でながら聞いている。

「大丈夫。犬丸。おまえなら、できるよね」

犬丸に、言い聞かせている。

日が暮れて、何人かの猟師が山から降りてくる。しかし、やはり人数が合わない。山にずっと居残りを続ける男たちがいるはずだ。

「静かに。吠えちゃ駄目」

遠くからそれを見ていた蝶英は、犬丸の頭を軽く叩く。猟師たちが視界から消えて、村へ戻って行った頃、法広たちも腰を上げた。

「出番だぞ、犬丸」

法広も、犬丸の頸を掻いてやる。洛陽にも番犬はいるし、猟犬もいる。あの武聖神君も神話の中では犬を連れている。だが学僧だった法広は、自ら犬を撫でたことはない。今朝から遊んでやっていて、自分も犬丸も互いに馴れてきていた。

蝶英が犬丸の引き綱を持つ。犬丸は蝶英の顔を見上げると、ゆっくりと前を向いて歩き始める。走りたい犬丸を、蝶英が綱を引いて抑える。

「犬丸、ゆっくり」

犬丸は一歩一歩、蝶英を引きずるように歩いていく。少し遅れて、法広と老剣が続く。犬丸は森の奥の山へは進まずに、山裾に沿って、そのまま回り込むように、森から離れて進んでいく。月明かりが照らしている。

「蝶英、もう少し森側を歩かせろ」

老剣が指示した。蝶英は綱を引っ張って、犬丸を森側に寄せた。犬丸は、いやがって蝶英を見上げる。蝶英が大きく頷くと、そのまま、また前を向いて歩く。方向は迷いなく歩いている。これが意図する目的地に向かっているのかどうか、犬丸に任せておくしかない。森の中へ向かって歩いてはいない。猟場へ向かっているわけではないようだ。

しばらくは黙って、犬丸に引かれて歩いていく。

山裾が森から次第に岩場になっていく。火の山の山裾からの岩場である。昔、山の火が落ちたとき、森が焼け、その上を火が流れたのだろう。波打つような岩場が続いている。こういう荒地には獲物となる獣はいない。犬丸が足を止めるようなことはない。綱を引く蝶英も、少し不安になってくる。何処に向かっていくのか。蝶英は後ろの老剣を振り向いた。この岩場の向こうには、並ぶように村があるはずだ。黙々と歩いている犬丸の背を見ている。

「犬丸。しっかり」

犬丸に声をかけた。行き着くところまでは、行く。老剣の顔は、そう言っていた。

しばらく岩場を歩いていく。

そして犬丸が足を止めた。蝶英を見上げている。

老剣が前に出てくる。

五

物部仁人は、村の近くの森に潜んでいる。ここには村の猟師も来ない。そして野営していた飛鳥の兵からも離れた森だ。英子とその兵が動き出したと、見張りの報告がある。ほどなく、木簡の伝言が来た。

仁人は木簡を読む。

蘇我英子らは一旦、前野の地に戻る。しかし、隋の僧の法広と、今まで英子を守っていた老剣は姿を消した。渡来人の村に留まったかは不明。

これが最後とも書いてある。そのまま龍円士に手渡した。

「老剣は、この先は危険と感じて、英子を帰したのだろう。老剣は、英子が近くにいれば、何をおいても守らねばならない役目だ。正直なところ、英子は足手まといだろう。それを知る英子が命じて、自ら老剣と分かれた」

龍円士は木簡に目を通してから、そう言う。木簡を仁人に戻すと、座り込んで剣の手入れを続けている。

仁人は笑う。それはおれも同じだ。いざとなれば、おれも剣士の円士の足手まといになる。

龍円士は、そんな仁人を横目で見た。

「案ずるな。私は連様を厄介払いなど、しない」

にこりともせずに、そう言った。

「そんなことは考えてもいない。おれが、おまえを厄介払いしようとも」

仁人は強がりを言う。しかし英子とその兵が帰ってしまい、隋僧の法広が残った。面倒なことになった。この蝦夷行《えみしこう》を仕切っているのは法広だ。法広を見張るしかない。しかし、これからは法広の動きを掴むのも一苦労となる。龍円士が腰を上げた。

「われらも動く」

「何処へ」

「蘇我の兵が退いたのなら、いい機会だ。もう少し、渡来人の村に近づく。この目で探っているのが、一番安心だ」

「隋の坊主に知られたらどうする」

仁人の心配に、龍円士は笑う。

「英子を帰したということは、法広は老剣と共に、隠密に動くことになる。危ないことをするつもりだ。たとえこちらの動きを知っても、途中でやめるわけにはいかないだろう」

「危ないことか」

「それは、あの渡来人の村に、何か秘密がある証《あかし》だ。彼らはそれを嗅ぎつけた。だから、危ない橋を渡ってでもそれを掴む。蘇我英子に飛び火しないようにしておいて、だ」

「そういうことだな。おれたちは、そんな気遣いはない。行こうか、円士」

龍円士は頷いた。立ち上がり、剣を鞘に収めると、帯に差した。ふと、顔を上げる。

「地鳴りだ」

龍円士が小さな声で言う。

「地鳴り」

仁人は頸を傾げる。何も起こっていない。

「微かだな。地が揺れている。火の山だ」

龍円士は、三つ並んだ山の頂を見上げていた。

犬丸が、岩場で立ち止まった。目的地が近いことがわかる。このまま犬連れでは、相手に気取られる。犬丸を先に走らせる、老剣が言う。それがいい、法広も頷く。引き綱を外しておけば、犬丸が相手に気取られても、土楼の棲み家から猟師を追いかけてきた、そう思うだろう。こちらがいることは、気付かれない。老剣は、蝶英に引き綱を外すように命じた。

「犬丸、いつも通り、おまえの飼い主のところへ走れ」

蝶英が、そう声をかけた。たった一日の主人の蝶英だが、すっかり懐いて情もわいている。ゆっくりと、何度も頭を撫でてやる。

「よし、放せ」

老剣の言葉で、蝶英は頸を抱きかかえていた両腕を離した。一瞬、犬丸は蝶英の顔を振り向いて見上げた。

「行け。犬丸。いつものところへ」

そう、蝶英が声をかける。犬丸は、さっと走り出した。蝶英と老剣、法広の三人は、岩の上を走る犬丸を追っている。暗い宙を跳ぶ黒い犬丸を追う。犬丸は追っ手のことなど斟酌《しんしゃく》しない。凹凸のある岩の上を跳ねるように走る。

そして、三人の目から消えた。

三人は消えた場所に向かって、身体を低くして静かに走る。この辺だろう、老剣が目で示すと、法広も頷く。波打って固まったような岩の間を目で追っている。大きくへこんだ場所がある。

ここだ、消えた場所は。老剣は、へこみの下を見つめている。暗い中に隙間がある。岩の割れ目だ。犬丸が消えた割れ目を、蝶英ものぞき込んでいる。なんとか、人が通れる隙間だ。

私が追ってみます、蝶英は、目でそう二人に言う。老剣は、そして特に大柄な法広は、この隙間に入るのは無理だった。身体の小さい蝶英なら入り込める。犬丸も降りたのだ。

老剣も、行け、蝶英に頷いた。

蝶英は剣を背中に回すと、へこみの縁に降り立つ。一瞬、足元の隙間を見下ろす。右の爪先を隙間に入れた。そのまま、真っ暗な隙間に一歩一歩降りていく。ごつごつした岩肌に足をかけ、手で支える。僅かに上を見ると、月明かりが差している。そして、岩の下なのに、奥から風が吹いてくる。手で探ると、隙間が大きくなっていた。風は、その下から流れている。壁に両手をついて、降りていく。蝶英は注意して、身体を支えた。足元に、微かに光が見える。慎重に、少しずつ更に降りる。足が底に着いた。ぼんやりと薄明かりになっている。懐から拭い布を出した。蝶英は降りてきた場所に、布を短刀で突き刺して、目印にした。

中は大きな広場になっているようだ。見上げると、月明かりが漏れている。しかし、目の先にも、ぼんやりとした明かり。頭をぐるりと回して、地形を確かめる。これも帰りの目印になるだろう。洞窟のような広場を、前に進む。

立ち止まった。遙か先の方に人の気配がする。薄暗い中を、身を屈めて進む。微かな明かりが見える。小さな廟に明かりがついていた。中の壺から炎が出ている。脂を燃やしているのだろう。やまとなら明かりは胡麻の油を燃やすが、ここは違う。英子なら顔を背けるような、獣の脂を燃やす臭いだ、蝶英は笑顔になる。その脂の微かな光と、天井から漏れる月明かりが、僅かに暗闇を照らしている。目が、暗い中の微かな光に馴染んでくる。蝶英は広場を見渡した。ぼんやりと全体の姿が現れた。本当に目で見えているのか、それとも岩の形の錯覚なのか、わからない。広い中に、何かが立っている。丸いものだ。ずらずらっと先の方まで、規則正しく並んでいる。丸いと思っていたものは、柱の頭の部分だ。柱がびっしりと立ち並んでいる。それも、高さが八尺はある。自分の背よりも、高い柱だ。それに太く、ごつごつしている。何の柱だか、わからない。

一番近くの柱の側に行く。近づいて、見上げる。そして手で、恐る恐る表面を触る。乾いた土の感触。凸凹《でこぼこ》のある柱を見上げる。

蝶英は、それとわかって、思わず後ずさりする。

人の姿の柱だった。

岩ばかりの地では隠れようもない。夜のうちはいいが、昼間は丸見えになる。日が昇り始めると、老剣と法広は山側に戻り、一番近い林の端まで、引き返した。そこからは蝶英の潜った場所が、微かに見える。岩の裂け目から這い出してきて、頭が出たらわかる、そのぐらいの距離だ。

法広は、蝶英一人を行かせたことを後悔し始めていた。

「法広殿、あなたの身体は、とてもあの穴には入らない。諦めなさい」

「しかし、蝶英はまだ子供だ。師匠として、心配ではないのか」

法広が老剣を咎めるように言うと、老剣は笑う。

「蝶英の心配は無用。何とかするだろう。当面、待つことだ。蝶英が出てくるか。それとも、他の動きがあるか、だ」

それ、と法広に小さな布袋を投げる。

「干し飯だ。今のうちに食べておく方がいい」

老剣も口に干し飯を放り込むと、音を立てて噛んでいる。法広は、蝶英の消えた岩をずっと見つめている。

昼近くになっても、蝶英の気配はない。猟師たち村人も現れない。老剣を見ると、木に寄り掛かって眠っている。

法広が構えるのと、老剣が傍らの剣を取るのと同時だった。

近くの木々の間から、いきなり蝶英の姿が現れた。土で汚れた顔が笑っていた。


人と同じ形だが、どれも背は高い土人形が並んでいる。この洞窟の広場を、びっしりと埋め尽くしているようだ。もちろん、土人形は自然にできるものではない。作られた物。人の作った物だ。何処かに、確かな入り口がある。

そう考えた蝶英は薄暗い中を、土人形の間を進む。土人形は、皆、顔が同じ向きだ。入り口も、その方向に違いないと見当をつけていた。ずっとこの洞窟のような土地は続いている。前に進んでも、そこを土人形の群が埋めていることは変わらない。ところどころ、微かな明かりが見える。先ほど見たような、脂の壷の廟がある。

明かり取りというより、灯明なのだろう。

気がつくと少し明るくなっている。天井の割れ目から漏れる光が強い。月明かりから日の光に変わっている。少し明るくなって、土人形の群を良く見てみる。どの土人形も木で作られた剣や槍を持っている。弓を持っている者もいる。土で作った兵たちなのだ。触れてみると、まだ湿っているものもある。奥の方の土人形は乾いていたが、この辺りのものはまだ湿り気が残り、乾ききっていない。この洞窟の中では、乾くのに時間がかかる。そんなことを観察しながら、更に進んでいく。人の気配がある。正面が少しずつ明るくなった。出口も近いようだ。土人形の間から、先の様子をうかがった。まだ土人形の列は続いているが、その先で人が作業をしているのが見える。蝶英は、気配を殺して先に進んでいく。二十人ほどの人がいる。それぞれが、一つずつの土人形を作っている。この辺りの土人形は、八尺の高さまで出来上がっている。彼らは、それぞれの土人形の顔や身に着けた鎧などを彫り込んでいるようだ。灯明の脂の火の光で、細かい作業をしている。彼らの入ってきた入り口があるはずだ。大きな土人形を持ち込む入り口だ。蝶英は土人形の列の真ん中から、端の壁に向かって、横に動いていく。壁際でも土人形が立っていて、仕上げの作業をしている人がいる。集中して、一心不乱に、土を削る木篦《きべら》を動かしている。

蝶英は壁に張りつくようにして、少しずつ動いていく。そろそろと足を進める。何体もの土人形と作る人の脇を抜けていく。彼らの作業は仕上げに入る工程で、失敗が許されない、そんな作業だったことが幸いした。集中していて、壁を伝う者など目に入らない。広場は更に続いている。作業する人は増えている。ここにも二、三十人はいるだろう。まだ作業は途中の段階で、土を八尺の高さに整える工程だ。それぞれ土の塊を高く積み上げていく。細かい作業は必要ない。側に、これから土人形に持たせるのだろう。木の剣や槍が束になってある。

薄暗い中を、蝶英は出入り口を探している。ざっと見て、四、五十人は作業をしていた。一度に四、五十の土人形を作っている。出来上がっている土人形も数百はある。暗かったので数えてはいない。どのくらいあるのか、見当もつかない。何か、祀りのためだろう。蝶英にはわからない。しかし、土人形を作っているのは土楼の村人に間違いないのだ。

蝶英は更に先に進んでいく。作りかけの土人形がまだ並んでいる。土を三、四尺ほど積んだだけのものもある。一人が一つずつの土人形を作っていた。この先が日の光で明るくなっている。出口が近い。並んだ土の塊が無くなった。土人形は、作りかけのものも含めて、これで終わりだ。出口近くには人がいる。洞窟の出口の半分は大きな土の山で塞がっている。ここから、それぞれ土を運んで、土人形を作るのだろう。土の山の傍らで、何人もの人が作業している。壁の凹凸に隠れて蝶英が見ていると、火を焚いている。天幕が張られて、その下で炊事をしていた。奥に長く広い洞窟の中に、何十人もの人がいて作業をしている。その食事だろう。大きな鍋が火にかけられている。一度の食事で相当な量を作るのだ。菜が山積みされ、大きな水瓶もある。ここから出れば、すぐに見つかってしまう。蝶英が、洞窟から脱け出す機会を探っていると、足元にからみつく。犬丸が蝶英の足にじゃれついている。

「犬丸、静かに」

蝶英は屈み込んで、犬丸の首筋を撫でた。そうだ。犬丸だ。思いついた。

「犬丸。向こうで騒いで。引きつけて。わかる」

両手で犬丸の頸を掴んで、さすってやる。

「わかった」

犬丸の目を見つめていると、頷いたような気がした。

「行って」

両手を離す。犬丸は、弾かれたように走る。真っ直ぐ、炊事をしている男たちの中に飛び込んでいく。男たちの足の間を、ぐるぐると回っている。

男たちが、異国の言葉で犬丸を叱っている。

蝶英はその隙に洞窟を出て、彼らから見えない、死角の場所に飛び込んでいた。

あらためて、外側から洞窟を見る。ずっと山から下りてくる岩肌が続いていた。

そして、出入り口から先は、地が落ちて崖地になっている。何かが山から流れ落ちたようだ。蝶英の足元も、すぐ先は崖になっている。細い道が出入り口に続いている。

岩の洞窟の先には川があり、崖に沿って川が、滝となって流れ落ちている。最初に洞窟に入った岩の隙間の場所からは、大分離れてしまっている。

蝶英は岩場とそれに続く村を避けるように、大きく遠回りをして森に入る。隠れながら、元の場所を目指して歩き始めた。

老剣と法広は、蝶英の見た洞窟と土人形の話を聞いている。

「洞窟はおそらく、火の山が噴き出した火の川の通り道だろう」

法広が言う。

「火の川」

蝶英は聞いたこともない。

「火の山が火を噴くと、火の川が流れるという。その流れた跡だ。火が流れて落ちて、空になり、その跡が洞窟になったのだろう。火の山にはあることだ」

「土人形の兵は」

「皇帝の死の軍団だ」

法広が頷いた。

「死の軍団」

これも蝶英は頸を傾げる。

「皇帝の墓の軍団のことだ」

墓。老剣が尋ねる。

「そんなに大きな人形。それに数が必要か。中華の墓には」

法広は頷いた。

「皇帝の陵墓には、生前と同じ陣容の軍が従う。死の軍団と呼ばれる。それは土で作られた兵や軍馬で、陵墓に副葬される兵馬俑《へいばよう》だ。死後の皇帝を守ることになる。特に、徐福の仕えた始皇帝は、秦の都だった咸陽《かんよう》に陵墓があると伝えられている。ただ、人と同じ大きさの兵の死の軍団など、聞いたことはない。この地で死の軍団を作っているとすれば、それは徐福の墓のための軍団だろう。徐福はこの地での皇帝のようなものだから。徐福が死ぬときに、そんなことを命じたのかもしれない」

法広の言葉に老剣も頷いた。飛鳥でも大王の墓に、兵や馬の土人形が副葬される。

ただ、その数は少ないし形も小さい。老剣は初めて中華の習わしを聞いた。蝶英の見た土人形の兵が死の軍団なら、この火の山の何処かに徐福の墓がある。徐福の文書が村に伝えられていなければ、その墓に残されているのだろう。

「やはり徐福の墓を探すしかないか」

老剣はそう言って、山を見渡した。

代々の大王の墓で広大なものは、皆平地にある。飛鳥でそんな陵墓を、いくつも知っている。しかしこの地には、それほど大きな墓を造る平地は無いし、墓造りの人夫もいない。ここの村人もせいぜい、二、三百人だ。畑仕事の合間では八百年かかっても、大王のような広大な陵墓は造れない。

「しかしなぜ、八百年も経った今頃、墓造りをしている。それも副葬の兵作りを」

老剣が疑問を口にした。わからん、法広も正直にそう言うと、頸を振る。今作っていることに、何か大きな意味があるはずだと思う。そして

「洞窟への入り口は」

蝶英に尋ねる。

「私が降りたあの隙間の他にも、天井から月明かりが差しました。でも、岩の割れ目からの、か細い明かり。人が出入りできるとは思えません。崖近くに出入り口はありますが、いつも人がいます。洞窟の中は、土人形を作る人たちで一杯です」

なるほど、そう言って、法広は腕を組む。

村の男手は、土人形作りに駆り出されていたようだ。墓の手がかりは、土人形の兵のいる洞窟にあるだろう。実際に徐福が埋葬された場所とは、それほど離れてはいないはずだ。そう考えたが、洞窟を隠密に調べるのも難しそうだ。それに八百年前の墓は、土にも埋もれているだろう。最後に火の川が流れたのも、遙か昔。そのとき、蝶英の見た大きな洞窟ができた。その後、洞窟は空のままだ。山は火を噴いていない。墓は土に埋もれていても、洞窟の近くを探せば、何処かにあるはずだ。

法広は山を見上げて考えている。洞窟から山にかけて広く調べるか。それとも、もう少し村人を調べてみるか。そうなると。手荒なことをすることになる。そうでなくとも、朱が死んだことで、一触即発の状態だったのだ。力業《ちからわざ》は、それなりの覚悟が必要だ。

「その洞窟にいる村人を調べたところで、無駄だろう。彼らは命じられているだけだ。朱は死んでいる。調べるなら、まずはもう一度、周だろう」

法広の傍らで、老剣が言う。法広は頷いて、続けた。

「洞窟での作業を、調べの材料にして問い詰める。当てもなく山を探し回ったり洞窟を調べるより、まずはそちらの方が確かだ」

老剣も同じことを考えている。法広が、老剣の顔を見る。

「となると、やはり」

法広の言葉に、老剣も頷く。

「周を押さえる。そして話をさせる」

「ああ。村人に知られずに、場所を移す」

法広が言う。

「いつ、連れ去る」

老剣が続けた。

蝶英は、老剣の言葉に驚く。周さんを。

「しかたがないのだ、蝶英。正面から訪ねれば、そこで争いになる。血も流れるかもしれない。内々に連れ去る方が、互いのためだ。手荒なことはしない。約束する」

法広が、悲しそうな顔をした蝶英を、なだめるように言う。

「今夜だな」

老剣は言葉を続けた。

「ああ。われわれのことは、すぐに知られるだろう。日が暮れれば、動く」

法広も頷いた。

「法広殿も一緒に」

老剣の問いに

「もちろん、私も行く」

法広が答えた。法広は、ただの隋の仏僧ではない。旅の途中で武術の心得があるのは、見て取れた。それを承知で確かめる。

「助かる。何しろ、言葉が通じないので」

老剣は笑う。三人は、今度は森の中に入って身を隠しながら、村へ向かった。森の中で、蝶英が足を止めた。後ろを振り返る。黒いものが飛ぶようにこちらに向かって来る。蝶英が屈むと、その胸に飛び込んだ。

「犬丸、おまえも一緒に帰りたいか」

蝶英の顔を舐めている。

「蝶英、遊んでないで、行くぞ」

老剣が、人の気配が無いことを確かめながら、蝶英に言う。はい、と蝶英もすぐに立ち上がって歩き出す。

「行きも帰りも、犬次第だな」

法広が笑っている。

「ほら、お帰り、みんなのところへ」

森の外れ、村の見えるところから、蝶英は犬丸の背をさすって、押し出すようにする。犬丸は前に歩き出す。そして一度止まって、振り向いて蝶英の顔を見上げた。

蝶英が、行け、という仕草で村を指さす。犬丸は、ゆっくりと村に向かって走っていく。暗くなりかけた中で、犬丸の黒い背も溶け込んでしまう。

「また、周の土楼に戻るだろう」

見送りながら、法広が言う。深夜に、周の土楼に忍び込むつもりだ。森の中で、周を連れてくる場所を決めておく。村から、丘に上がる途中の林。周が知っていることを話せば、それでいい。すぐに解き放つ。

「猟の犬が追ってくるかもしれん。場合によっては、蝶英、おまえの犬丸も」

老剣が、村の方を見ている。

「追ってきたら、二度と追えないようにする。犬丸だろうと、猟の犬だろうと」

蝶英はその言葉に、小さく反応した。法広が笑いながら
「まあ、老剣殿。そのときは、そのときだ。犬が邪魔するわけでもない。追っ手の村人に、一時《いっとき》眠ってもらえばいいことだ」

そう言ったので、蝶英も少し安心する。法広も、犬を手にかけたくはないのだ。それは仏教から来るのか、それとも隋の国の習いなのか、蝶英にはわからない。しかし、犬を大事にしてくれるのなら、どちらでもいい。すっかり日の暮れた森の中

で、深夜を待っている。

老剣、法広そして蝶英の順で、土楼の中庭に降りる。老剣が平屋の扉を静かに開ける。老剣と法広が中に入る。蝶英は扉の外で警戒する。

建物に入った老剣は奥に進んでいって立ち止まる。法広を見ると頷いた。

二人は同時に屈んだ。

正面の廊下の扉が開く。そこに立って弓を絞っていた男たちが一斉に矢を放つ。老剣と法広は、頭の上を矢が通りすぎると同時に飛び出した。男たちが二の矢を番《つが》える前に、手刀を叩き込み、当て身をする。二人の男は、その場に崩れ落ちる。老剣と法広は、先に進んだ。廊下から部屋に出ると、男に囲まれる。四人いる。剣を構える者、弓を絞る者。老剣は一瞬で剣を抜くと、飛び込んで弓の男に剣を出す。弓の本体である弓幹《ゆがら》を真っ二つに斬る。その反動で男は後ろに倒れ頭を打つ。矢が力なく飛ぶのを老剣が避ける。法広は二人の男の剣を避けながら、手刀を当てる。残った一人の剣を老剣が叩き落とした。その首筋に剣の切っ先を近づける。武器は持つが、所詮は猟師の素人たちだ。

「周は何処だ」

法広が尋ねた。

「知らない。おまえは、裏切り者だ。同邦のくせに」

「待て。私は徐福の成果を中華から、引き受けにきている。おまえたちの先祖の仕事を受け継ぐ者だ」

果たして、この男がそれを知っているかどうか。それでも、法広は口に出してみた。

「そんなことは知らない。ここが、おれたちの国だ。長老の周は守る」

なるほど、村人は知らない。知らされていない。

「周は何処だ。言わないと、この倭人の剣が喉を貫くぞ」

男は頸を振る。法広は男の目を見た。溜め息をつく。老剣殿、剣を引け、ささやいた。老剣が剣を引く。それと同時に、法広が掌を男の胸に当てる。

「この男は周の居場所は知らない」

崩れ落ちる男を横たえた。

「待ち伏せしていたところを見ると、この土楼にはもういないだろう」

「ああ」

二人は建物の中を一通り見て、何か手がかりがないか調べてみる。周の独り住まいだったらしく、大したものはない。引き揚げる途中で、法広が気付いた。

「武聖神君の像だ」

広間の奥にあった、像が廟ごと無くなっている。おそらく、周が、何処かへ隠したのだろう。武聖神君はこの村の守り神。倭人らに二度と穢《けが》されたくない、その思いがある。祭祀を司る周と共に消えている。老剣も確かめると、何かが置かれた跡が床に残っている。

二人は家の外に出た。蝶英が立っている。すぐ傍らに男が二人、気を失い倒れていた。

「中でも」

二人に尋ねた。ばたばたと音がしたのは知っていた。

「ああ。周はいない」

そうでしょう、蝶英はそんな顔をした。

「蝶英、犬はここか」

法広が、意外なことを訊く。

「多分」

「確かめて」

蝶英は言われた通り、家の裏手の犬小屋に回る。蝶英の気配を感じて、犬丸が柵に飛びついている。犬丸は自分でこの土楼に帰り、また、いつも通り犬小屋に戻されたのだ。

「犬を連れていく」

法広の言葉に、蝶英はすぐ小屋から犬丸を出してやる。犬丸と一緒に、土楼を出る。法広は振り向くと
「もう一つ支度がある。ここで待って」

そう言うと、老剣と二人で、亡くなった朱の土楼に向かって走っていく。

蝶英は言われた通り、犬丸と一緒に土楼の門で待っている。犬丸を黙らせて、辺りを警戒している。この土楼での立ち回りは、ここの住人にも他の土楼にも、知られていないようだ。先ほど襲ってきた村人も、兵ではなく、ただの猟師だ。元々、隠れた渡来人の村なのだ。里のやまとの人たちとの戦など、考えてもいないし、兵もいない。平和な村だ。二人が戻ってくる。何をしていたんだろう、そう思っていると、法広が白い布を突き出した。

「これを、犬に嗅がせて」

何、という顔の蝶英に言う。

「朱の娘娘女神像の衣だ。武聖神君と、同じ香《こう》を使っている。同じ香りだ」

衣の布を犬丸に近づけると、犬丸は衣にじゃれるように、鼻を近づける。匂いを嗅いでいる。蝶英も、独特の香りを感じている。薬草で作った香だろう。

「犬に記憶させて、この香の跡を追う。武聖神君の像と一緒に、周はいる」

蝶英は頷いた。布を噛んでいる犬丸の前に、しゃがみ込んだ。

「いい。犬丸。この匂いを覚えるの。わかるわね。そして、この匂いを追いかける。

できるわね」

そう話しながら、頭を撫でる。

「覚えたね。いい」

布を犬丸から取り上げると、不満そうに蝶英を見上げている。

「どうだ。行けそうか」

老剣が尋ねると
「さあ」

蝶英は、犬丸を見下ろした。元々は猟犬だ。獲物の臭いを追うことはできるだろう。ただ、この布の匂いを追うことができるかどうか。

「わかりません。でも、やらせてみるしか、ないです」

蝶英は言う。犬丸に屈み込んだ。離されないように引き綱をつける。そして、もう一度、鼻先に布を押し付けた。

「さあ、犬丸。行くよ」

首筋を軽く叩いてやって、押し出した。犬丸は頸を垂れて左右に振っている。もう一度、蝶英を見上げている。
「行け」
その言葉で、小走りに走り出した。犬丸に引かれるように、三人も走る。

六

火の山の麓に、狭い盆地がある。東と南は小高い丘と森に阻まれ、北は山頂へ続く斜面の森。そこから流れ落ちた火の川が冷えて固まり岩場となって、村と山の裾野を隔てている。村は西に延びて下の畑に繋がっている。その更に西の先は岩場の果てとなり、地下から涌き出す川が滝になって落ちていた。周りから閉ざされた場所に渡来人の村はあった。

南の丘の上からは、村が一望できる。五つの土楼も、それが輪の形になっていることも、よくわかる。

その丘に向かって、犬丸は緩い斜面を上っていく。蝶英、老剣、法広の三人も続く。犬丸は土楼の門を出ると、あちこち動きながらも、村の外れまで進んできた。

本当に、匂いの跡を追っているのかどうか。蝶英は迷うが、今は犬丸に任せるしかない。手がかりはないのだ。後ろに続く老剣と法広に、迷いは見せられない。

犬丸、大丈夫、そう、ささやき続けた。たった二日だけで、主人面をしての勝手な言いぐさと命令だ。自分でも、犬丸に対して後ろめたい思いがある。ただ、犬丸は、応えようとしてくれている。それが、救いだった。村外れから、丘に上がり始めたのだ。

まだ夜は明けない。暗い林の斜面を上がる。人の気配がする。蝶英は引き綱を引いた。

「待て」

同時に、老剣も低い声で言う。蝶英が犬丸を伏せさせる。法広が先になり、静かに上っていく。老剣が続く。

「ここで犬と待て」

老剣のささやきに、蝶英も頷く。静かに、犬丸に目でそう言って、もぞもぞと動きたがる頭を抑えた。

法広は斜面を上がっていく。人がいる。見張りだ。犬丸の鼻は正しかった。見張りは二人。法広は後ろから来る老剣に、手で合図する。見張りの足元に忍び寄る。同時に立ち上がって、見張りが気付く間もなく法広は当て身をし、老剣は右腕を頸に回す。気を失い、崩れ落ちるところを静かに地面に横たえる。先に小さな小屋がある。高台の見張り小屋だろう。二人は扉の前に立つ。法広が、扉をゆっくりと開く。


周と、その世話をする小花が椅子に座っている。窓から月明かりが照らしていた。

「やっぱり、無駄だったな。見張りたちは。気の毒をした」

「心配ない。少し眠ってもらっているだけだ。土楼の男たちも眠っている」

周は、安堵する顔をした。

「しかし、見つかった。神のご加護も無かったか」

部屋の奥に祀っている、あの武聖神君の像を見た。

「残念だが、その武聖神君が、ここに案内してくれた」

法広はそう言う。周は、怪訝な顔をした。

「大黒《ダアヘイ》」

小花が、部屋に入ってきた犬丸を見て、その名を呼んだ。犬丸は小花の足元にまとわりついている。周が、なるほど、と頷いた。

「武聖神君に、犬はつきものか」

苦笑いしている。

「周。何故逃げた。隠れた」

法広が言う。

「倭人が攻めてきた。逃げるのも当然だろう。しかも、よりによって、娘娘女神や武聖神君を平気で穢すような似非《えせ》方士を」

周は法広をにらんだ。

「先鋒にしたてて来た」

なるほど、と法広も笑う。

「似非方士、結構。私は今も、皇帝の命で動いている。隋の楊広王は、秦の政王から連綿と続く天命による皇帝だ。秦の政王は八百年前に亡くなった。自ら始皇帝と称した後だ」

「始皇帝」

「秦もとうに滅んだ。今の世は隋だ」

「おまえと私、どちらが真の王の命を受けた者であるか、わかるというものだ」

周は笑う。

「私らが仕えているのは徐福様。徐福様は政王様の命でここに来られた。私らの先祖と共に。私らは、それを誇りにしている」

周も、ここまできて、今更知らぬ存ぜぬを押し通すつもりもない。観念して口を開き始めた。

「結構。それで、徐福は命を成し遂げた」

法広の問いに、周は笑う。

「それは、知らない。わからない。八百年前のことだ。先祖代々、ずっとここに暮らしている。平穏無事に。それが全てだ」

「王の命を聞いているか」

周は頸を振る。

「知っているのは徐福様だけ」

「その王の命に従って、徐福はこの地に来た。そして見つけた。探したものを。徐福は何か、残したはずだ。書いたもの。石板や木簡だろう。昔から伝わったもの、文書があるはずだ」

「何も無い。言った通りだ。いくつかの言い伝え。それだけだ。それが、おまえの言うものかどうか、それは知らない。私らには、わからない。神像を穢してまで調べて、まだ足りないか」

何も無い。残っていない。法広はそう言われても、納得はしない。村の家の作り方、神々の祀り方、伝わっていることがある。それに、洞窟のこと。

「今、洞窟で作っている土人形。あれは何だ。何のため」

「よく見ている」

周は笑う。

「先祖からの言い伝えだ。いつからか、兵の土人形を作っている。少しずつだ」

「今は随分と数が多い。何十人もの村人が作っている」

「山を見たか。火の山を」

急に、周は話を変える。

「いや、話を逸らすわけではない。言い伝えの一つだ。徐福様の命。火の山が再び火を噴くときまでに、千人の兵を作る。今、火の山から煙が上がっている」

「地の動きもそのせいか」

何度か微かに地が揺れたことを思い出した。

「ああ。火の山の神の怒りが始まるまでに、兵の土人形を作れば村は守れる。だから、兵作りを急いでいる」

「土人形の兵が村を守る」

「ああ。いつ山が火を噴くか、わからない。山の神は気まぐれだ。明日、火を噴くか。それとも百年後か。私らには、わからない。ここ八百年は静かだったことは確かだ。そして、山肌や洞窟を見れば、昔、とてつもない火を噴いたことも、間違いない。私らは言い伝え通り、間に合うように土人形を作る。それが徐福様の定めたことなのだ」

「徐福の決めたこと。それで、徐福の墓は」

周は頸を振る。

「徐福様の墓は無い」

法広が口を出そうとすると、周は遮った。

「いや。徐福様の墓を隠すつもりはない。本当に無いのだ。徐福様の墓は」

「馬鹿を言え。徐福が墓を造らなかったはずはない。何処かに造ったはずだ。だから土の兵も作る。死の世界で徐福を守るために」

周は笑う。

「しかし、私らはこう思っている。墓はそもそも必要無い。何故なら、徐福様は帰ったからだと」

「帰った」

法広は、眉をひそめる。

「徐福様は消えた。泰山《たいざん》や崑崙《こんろん》といった聖山に昇られたか。それとも始祖の黄帝《こうてい》様の元に還られたか。それは、私らにはわからない。ただ、今でも私らを見守っていて下さる。天上から。この兵作りも」

「徐福は死んでいない」

「そうだ。だから墓など無い。先祖が造らなかった。私らは、そう信じている。なあ、小花」

傍らで、ずっと話を聞いていた小花に話しかけた。小花も、にっこりとして頷いた。

「天界の神々の一人になられた」

周はそう付け加えた。なるほど、神か。誰もが口を開かないはずだ。法広は笑顔の周を見つめている。神は死なない。その通りなら、徐福は不老不死の術を見つけて、自ら身につけたことになる。そして神になった。

老剣も傍らで、じっと周の話を聞いていた。法広との会話の中身はわからない。話す周の表情をずっと見ていた。

「あながち、嘘は言っていないようだ」

老剣は法広にささやいた。法広も頷く。

厄介なのは、仏教だろうと徐福の教えだろうと、本人が信じて話すことは嘘ではない。ただ、嘘ではないことと、真《まこと》のこととは、別の話だ。

法広が知りたいのは、真のことなのだ。


「大黒《ダアヘイ》が他の人に懐くなんて」

小花が犬丸の頭を撫でている。隣に座る蝶英との間に、挟まれたように犬丸が座っている。蝶英も首筋を掻いてやっている。

「私も犬は好き。犬はこの村の人も私たちも区別はしないわ。みんな同じ、人なのよ」

「そうね。あなたはどうして、あの剣の先生と一緒なの」

小花が尋ねた。若い娘が剣を習って、剣を振るう。村では考えられないことなのだ。

「私は、都で先生に拾われた。その頃、先生は都の軍を離れて。山の中に移って。先生と暮らしていくうちに自然と剣を習って。でも、小花さん。あなたも大変でしょ。ここと遠い里の村と行き来して。言葉も覚えて」

小花も笑顔になった。

「あなたと同じ。両親は早くに死んで。朱さんのところで暮らして。どうしても村に必要なものがあるの。塩とかいろいろ。山を下りて、猟で獲った毛皮とか薬草の薬とかと交換するの。村には里村の係の人もいる。その人を手伝って、行き来しているうちに、言葉は自然に覚えたの」

話していると、蝶英には小花が姉妹、そう、姉のように思えるのだ。

「法広さんて、どんな人。中華の人でしょ」

蝶英は頷いた。

「旅の前に、初めて会って。中華の都で、そこにいた、やまとの人から言葉を習ったって。もともと仏教のお坊さん。まだ若いけれど。偉い学者で。厩戸皇子様も褒めておられたって、英子様もおっしゃってた」

「厩戸皇子って」

「ええ。日嗣の御子様。都で次の大王になられる方。厩戸皇子様は、老剣先生が仕える方よ」

「そう。老剣先生の」

小花は驚いたようだ。あの、老剣士の主が倭の次の大王。

「老剣先生は偉い方なんですね」

蝶英は自分が褒められたように、うれしかった。

「先生は韓の国でも戦って。今は軍から身を引いたけど。飛鳥一の剣士なんです」

誇らしそうに、そう言う。小花は振り返って、小屋の奥をのぞいている。

「そうね。やはりね」

感心していた。

信仰と事実が混ざっている周の話は、要領を得ない。それも信仰の方が分が多い話だ。火の山と土人形の関わりも、はっきりしない。千体近くの土人形を、村の男たちを大勢使ってまでも作る。その真の目的は何か。ただ、徐福の言い伝えを信じているだけとは思えないが。仏教で大寺院や仏の像を造ることと、同じということか。

法広は腕を組んで周の話を聞いている。本当に山が火を噴けば、この村は火の川に埋まってしまうだろう。土人形も同じ運命だ。

「ずっと、土人形作りを続けるつもりか」

「もちろんだ。続けていく」

法広の言葉に、周は頷いた。その時、また、大地が揺れる。

周は、ほら、という顔をした。

「火の山の怒りだ。まだまだ続く。大きくなる」

老剣が、部屋から離れて小屋の外へ出て行く。法広は、言葉のわからない押し問答にあきれたのだろうと思う。

「周、もう一度訊く。伝わっているものは何だ。何処にある」

老剣は明るくなり始めた空を見ている。

「小花、だったな」

小屋の近くで、蝶英といる小花に声をかけた。

「はい」

小花が、恐る恐る返事をした。蝶英から、偉い人と聞かされたばかりなので、なおさらだろう。

「いつからか。地の揺れは」

小花は言葉に詰まる。急に、思いもしないことを訊かれたからだ。

「半年ほど前からです」

「ここのところは、どうだ」

「回数が多くなっている気がします。揺れも大きいし」

老剣は考えている。

「洞窟の土人形作りが始まったのは」

小花は、話していいものか、戸惑っているようだ。蝶英は困った顔の小花を見ている。

「今し方、周からいろいろ聞いた」

そう言われたので
「ずっと昔から。少しずつ」

小声で答えた。

「急ぎ始めたのは」

また、困っている。それでも
「一年ほど前から」

そう答える。

「何がきっかけで」

小花は黙った。

「どうした」

「朱さんが、山から煙を見たって。その頃から」

そう言うと

「大黒《ダアヘイ》、おいで」

犬に声をかけると、一緒に走って行ってしまう。ここにいると、老剣から、いろいろ訊かれるだけだ。逃げるのが一番、そう思ったのだろう。

「先生、小花さん、困ってましたよ。逃げたじゃないですか」

蝶英が笑って責めるように言う。

「困って逃げたか。まあいい」

老剣は、北の山の頂を見た。すっかり明るくなった中で、一筋の白い煙が上がっている。火の山と土人形の兵は、関係がある。それは、法広が周から聞き出しているだろう。ただ、村の秘密を守るためには、武聖神君像の調べさえも甘んじて受けた周のことだ。知っていても簡単には、話さないだろう。しかも、信仰がらみであれば、なおさらだ。

自分も法広も、力尽くで無理やりしゃべらせること。それは、潔しとはしない。剣士や仏僧としての矜持がある。

老剣がそう思っていると、また、地が揺れた気がした。小屋から法広が出てきた。

「徐福の残したものは無いそうだ。言い伝えの言葉だけだ」

「言葉」

「ああ。火の山が火を噴くまでに、土人形を千作る。そうすれば、土人形の兵が村を守る。その他は祭祀や村の掟とか、そんなことらしい。徐福の墓も無い。昇天したと信じている。天上の神になった。だから墓も無い」

なるほど、と老剣もつぶやく。火の山と土人形は、そういうことか。

「で、どうする」

老剣の言葉に
「まずは、洞窟を調べる。その土人形とやらを」

法広は答えた。

「それに、火の山を待つ」

「火の山を」

老剣が、繰り返す。

「ああ。火の山。火の山が本当に火を噴くのを待つ」

「法広殿、周の言葉を信じるのか。信じて、その時を待ってみるつもりか」

法広は、笑っている。

「老剣殿。八百年越しの村の言い伝えだ。何が起こるか。それとも起きないか。知りたくはないか」

「ああ。だが危険だぞ」

「まあ、倭の国の、火の山の見物でもさせてくれ。故郷《くに》での土産話に。せっかくここまで来たんだ。海を越えて。手ぶらで帰るわけにも、いかないからな。八百年、待ち続けた者もいることだし。それに」

山から上がる白い煙を見上げる。

「見ろ。それほど待つことも、なさそうだ」

そう言うと、大きな声で笑った。老剣も苦笑いする。蝶英は火の山の煙を見て、胸騒ぎがしていた。


小花の案内で、法広は洞窟まで歩いていく。中の様子を知る蝶英も一緒だ。村の下の畑から、更に林の中の小道をたどる。しばらく歩き続けると、水の音がする。火の山から流れ落ちる滝の音だ。林の木々がまばらになると、滝が見える僅かな平地に出た。奥の方に岩場の洞窟の出入り口が見える。手前の土地にはいくつか天幕が張られている。その脇には大きな山。粘土が山になって積まれている。これが土人形に使われる土だろう。男たちが作業をしている。粘土を台車に積んでいる男もいる。竈で炊事をしている男もいる。

小花が法広を連れて近づいていくと、洞窟の中から男が出てくる。周と同じような年回りの男だ。白髪だが背は高くがっしりとしている。小花が

「老信《ろうしん》さん。ここの作業を統《す》べている人」

法広と蝶英にささやいた。そして、その老信のところに駆け寄っていく。案内してきた法広について説明している。老信が法広を見た。この男も、ただの老人ではない、法広はそう悟る。老信が近づいてきた。

「おまえが、中華から来た男か」

法広は頷く。老信は、法広の頭から爪先まで、なめるように見ている。そして、

蝶英に目を移す。頷いている。

「おまえだな。忍び込んだ女は」

そう言うと、懐に手を入れて、蝶英に放り投げる。蝶英は身体を捻るようにして、右手で受ける。岩場の隙間から入って、その出入り口の目印に刺しておいた短刀だ。その時の拭い布もつけたままだ。

「忘れ物だ」

老信は笑う。

「何しに来た」

「何、秦の土人形を見たい。後学のために」

法広は澄まして言う。老信は、目玉をぎょろりと動かした。

「わしは忙しい。ここの、みんなもだ。おまえに構っている暇は無い」

はっは、と法広は笑う。

「どうして忙しい。ただの泥細工。子供の粘土遊びだ。何に使う。釉薬で色をつけるわけでもない。窯で焼くわけでもない。忙しい。笑わせるな」

法広は、挑発している。蝶英は言葉はわからないが、老信の顔が怒りで赤くなっていくのがわかる。小花も、法広の言葉にはらはらしている。

老信は、傍らの土の山に刺さっていた長い混ぜ棒を引き抜くと、そのまま法広に向かって繰り出した。法広は避けると、左腕と脇で棒を挟む。身体を捻る。径が二寸はある棒が、一瞬にへし折られる。折れた棒を老信は更に投げつけた。折れた先は、きれいに尖っている。法広は折れた先を避けながら、飛んできた棒を掴むと、地面に突き刺した。

「無体なことをする」

老信にそう言って
「子供の遊びが好きな老人と見える」

また声を出して笑う。

「泥遊びやら、棒遊びやら」

老信は、法広をにらみつけている。

「老信さん。周さんが、この人たちの仲間と一緒です。手荒なことは」

小花がなだめている。

「余所者《よそもの》には、関わりない場所だ。早く帰れ」

老信はそう言うと、また洞窟の方に歩きかける。

「待て。答えろ。どうして作業を急ぐ。何に使う」

老信は、一旦足を止めると、法広に振り返る。

「見るなら勝手に見ろ。ただ、仕事の邪魔はするな」

そう言うと、洞窟の中に入っていく。法広は苦笑いをする。

「蝶英、行こうか。見るには、見ていってもいいそうだ」

小花は、そんなやり取りに、困り果てている。気を取り直して、洞窟へ向かう二人の後に続く。中で、また騒動があると困る。

法広は土の山の脇を通る。土を触る。陶器を作る土のようだ。別の場所から運んできている。切り取って台車で洞窟の中に運んでいる。洞窟に入って奥に進むと、手前から規則正しい間隔で、土の小山が置かれて、それが積み上げられている。更に進むと、積み上げた土を兵の姿に彫っている。なるほど、蝶英の言う通りだ。手前から順に、少しずつ兵の形の途中の土人形が並んでいる。土人形の軍団は出来上がりつつあるようだ。

「これは、窯で焼かないの」

法広が小花に尋ねると、頸を振る。

「私は、知らないんです。この中に入ったのも初めてで。男の人が集められて、何かしてる。それしか知りません」

なるほどと、法広も頷く。焼き物に使う土を使っているが。

「この村に焼き物の窯は」

「山にあります。でも、窯で焼いているのは瓦とか器とか」

人と同じ大きさの土人形だ。運び歩くのは難しい。焼くとすれば、ここで焼くしかないが、そんなに大きな窯は造れないだろう。土人形はこの洞窟の中で乾いていくだけだ。更に奥に行くと完成した土人形の兵が並んでいる。天井の隙間から入る暗い光の中で、それぞれが武器を持ち、戦いに行く表情をしている。薄暗い中では、生身の兵が整列しているように見える。

皇帝が生きているうちに、陵墓を造り、副葬品を集める。それは漢の皇帝たちの記録もあり、ありふれたことだ。だが、ここは遠く離れた地。しかも、皇帝も王朝も無い、ただの渡来人の隠れた村だ。徐福が何故、こんな命を言い伝えで残したのか。

法広には、わからない。

蝶英も落ち着いて見て、あらためて土人形の出来ばえに驚いている。槍を持つ手に触れてみる。乾いている。伸ばした人差し指。そっと触れると折れてしまい、地面に落ちた。慌てて指を拾う。折れた箇所に押し付けると、そのまま引き合うように固まった。安心した。急に、蝶英は気配を感じた。怒りの気配だ。土人形の顔を見上げる。気のせいか、こちらを見下ろしてにらんでいる。えっ、と思って一歩下がる。見直すと、何も変わっていない。正面を向いたままだ、同じ土人形の姿だった。気のせいだ、指を折って村人に悪いことをした。くっついて元に戻ったので少し安心する。蝶英は、法広を追って出口に向かった。

法広は洞窟の中を調べてみたが、土人形の他は何も無い。明かりの灯明の壺の中も脂だけ。洞窟から出ると、老信が立っている。何か見つけたか、そういう顔だ。笑っている。

「邪魔したな」

法広が言う。そして考えていた。土人形の中に何かを隠していたら。あるいは洞窟の底の地の下に。どちらも調べるとしたら、全ての土人形を壊さないとできない。奥の端から千近い土人形を壊す。人手がいる。そんな無理を通せば、村人と争いも避けられない。前野の地に一旦戻った英子の兵がいる。だが、とても十人では足りない。それに加えて前野主の兵を呼び寄せる。

この村も、それで終わりになる。同じ中華の民の村を踏みにじってしまう。法広は、一瞬迷う。しかし、自分の使命を考える。皇帝の命で、海を越えてきた。八百年経っての初めての手がかりである。そして最後の機会かもしれない。

法広が、蝶英を呼び寄せる。耳元でささやくと、蝶英も驚いている。本当に、という顔だ。法広は頷く。そして

「行ってくれ。早く」

そう言うと、蝶英は走り出した。小花はその背中を見送っている。

「どうかしました」

小花が法広を見る。

「いや、何でもない。この場所が気に入った。当分、居させてもらう」

そう言うと、笑顔になった。小花は頸を傾げる。また、どうしてこんな場所を好き好んで。すると、法広は顔をしかめる。地が揺れている。小花が山を見上げた。

「煙が」

法広も見上げる。白い煙が太くなっていた。


英子は毎晩続く宴にも、いい加減飽きている。それは、館の主の前野主も同じだった。英子が北の蝦夷から戻ってきて、こう居続けるとは思わない。すぐに飛鳥の都に帰るはずだった。歓待したのも、少しでも都での地位を良くするためだ。それが居続けられている。物入りも、馬鹿にならない。しかし蘇我大臣の末子を、この地で放っておくわけにもいかないのだ。

宴の最中、館の従人が注進に来る。何事か、と驚く前野主の前に、それに続いて埃まみれの蝶英が現れた。英子の前に跪いて、礼をする。

「法広様、老剣先生から英子様に。それに前野の御館様に」

英子は頷いた。

「ここで話せ。前野主殿、人払いを」

前野主は、従人や兵長らを下がらせる。蝶英はそれを見届けると
「法広様、老剣先生の伝言です。英子様、飛鳥の兵を火の山の山裾の村にお戻し下さい」

英子は、わかった、と頷いた。

「そして、前野の御館様から、新たに兵を百ほど買い取り、分けていただくよう」

「ほう、兵を百。買い取る」

英子は、そう言うと前野主を見る。なるほど。兵は欲しいが紐付きは困る。そういうことか。英子は腹の中で笑う。

「どうかな、前野主殿」

いや、急な話で、と前野主も口を濁す。事情がわからない。

「買い取った兵は、飛鳥の兵になる。前野主殿には関わりがない。いい考えだ。それに前野主殿も都の厩戸皇子様やわれら蘇我と、更に懇意となるいい機会だ。おれも、飛鳥に戻って前野主殿を推挙しやすい。そうではないか、前野主殿」

英子は笑う。

「さて、前野主殿。いかがかな。いかほどで、兵百。それに馬。お譲りいただけるかな」

前野主は困った顔を続けている。

蝶英は、前野の館で馬を新しく乗り換えて、休む間もなく火の山の村へ取って返した。英子には事情を説明してある。

今は、火の山の村には法広様と先生しかいない。自分が早く戻ることが、第一だ。

前野までの往路は、村の馬は道半ばで潰れてしまった。途中の村で馬を換えて、夜通し駆けた。山道を難儀したが、何とか走り通す。この前野の新しい馬も、どこまで持つか心配だった。月明かりを頼りに走る。たどり着いた村で、また馬を買って乗り換える。

夜通し駆ける。途中、山道も無理に走る。火の山の村へ入る最後の山道で、馬はとうとう動かなくなった。そこで乗り捨てて、山道を上る。三つある山の頂の、真ん中からの白い煙が大きく太くなっている。山が本当に火を噴けば、あの洞窟も火に呑まれてしまう。それでは、もう間に合わない。

蝶英は山道を上り、そして下っていく。盆地に入り、土楼が見えてきた。

足元がふらついている。疲れている。そう思った。一旦、足を止める。違う。地面が大きく揺れている。何度か感じた地の揺れより大きい。初めての経験だ。蝶英は、また走り出した。老剣の元に急ぐ。朱の土楼が見えた。その時、鈍い大きな音がする。山頂を見た。白い煙が、黒く変わっている。そして突然、火が天に突き上がる。炎と共に真っ黒な煙が噴き出していた。

七

滝近くの林で木を背にして、腕を組んで眠っている。法広は、人の気配で目を開ける。昨夜から、また一段と土人形作りが速まっているようだ。立ち上がって、伸びをする。洞窟の作業の差配をしている老信を見守り続けて、もう三日が過ぎている。土人形を調べる前に、何処かに動かされるのを避ける。老信が何か細工をするなら、自分の目で確かめる。そのためだ。

前野の館から応援を呼んでいる。それでも人手が増えるのは、早くて二、三日後だ。それから一気に土人形と洞窟を調べることになる。

老信は、ずっと洞窟に入ったきり出て来ない。ときどき小花が出入りする。小花も炊事を手伝っていた。法広にも、都度都度、食事を分けてくれる。ありがたく、いただいていた。

村から人が次々とやって来る。人手を増やして、作業を急がせていた。山を見上げると、白い煙が、太く大きくなっている。本当に火が噴くかどうか、法広にはわからない。ただ、老信と村人たちは、そう信じて作業を急いでいた。

小花が土瓶に入れた茶を持ってくる。法広は礼を言って、碗に注がれた茶を飲んだ。茶、と言っても、本当の茶ではなく、似たような葉を煎じたものだ。倭の地には茶は無い。飛鳥の都でも不自由したものだ。法広は、このまがい物の茶でも懐かしい。

小花は茶を飲んでいる法広を見つめている。

「おいしいですか」

「ああ。うまい。ありがとう」

「良かった」

法広は笑った。

「本当に、山は火を噴くのかな」

小花は困った顔をする。

「さあ。みんな、そう信じている。だから私もそう思っています」

「周は、どうしてる。山が火を噴けば大変だろう」

「ここの兵が揃えば村は守られる。そう信じています」

「どうやって。どのように守るつもりだ」

「さあ。それは誰も知らないです。昔から、そう言われているだけ」

誰に聞いても答えは同じだ。昔からの言い伝え。徐福が受けた命と不老不死と、この火の山の言い伝えが繋がってこない。それが、法広にとっては謎なのだ。徐福は本当にその言い伝えを残したのか。それとも伝承が、異国での八百年の時の流れの中で、次第に変わってしまったのか。

法広が村への山道を上っていくとき感じた、地面の熱。この地一帯が地下の熱を帯びている。確かに火の山は生きている。活発に動いていた。

「法広さん。八百年前から変わっていない。言い伝えは」

小花は、法広の迷いを見透かすように、そう言う。そして、ほらと指さした。法広が山を見上げると、白い煙が、大きな黒い煙の塊に変わっている。足元が細かく揺れているようだ。

「始まったわ」

小花が噴き出す黒い煙を見上げて言う。法広に会釈すると、すぐに洞窟に向かって駆け出した。法広が煙を見ている間にも、足元の揺れが強くなる。そして、頂の黒い煙の中から火柱が噴き出した。鈍い音と共に赤い炎が一本、空に伸びていく。

本当に火を噴いた、法広は見上げている。大きく噴き上げれば、すぐにここも危険になる。土人形を調べるどころではない。法広も洞窟に駆け込んでいく。ぐらぐらと大地が揺れている。中の村人たちは、手を止めない。むしろ、更に急いで土人形の仕上げをしている。土人形は、洞窟の底に密着していて、倒れるようなことはなさそうだ。

「おい、みんな、危ないぞ、ここから逃げろ」

法広は大声で叫んだ。誰も、法広のことを気に留めない。法広は奥へ進んで、土人形の仕上げをしている村人の肩を掴んだ。

「危ないぞ。火と岩が降ってくる。逃げるんだ」

そう言っても、見向きもしない。肩を揺すって、手を振りほどいた。あきれて更に先に行くと、あの差配役の老信がいる。

「老信、みんなを逃がすんだ。ここは危ない」

そう大声で言うと、法広を見て笑っている。

「時が来た。法広。おまえはここから去れ。おまえの『気』は反発するだけだ。『気』に、呼ばれてはいない」

そう言うと、洞窟の奥に向かって歩いていく。

「老信。おまえ」

老信は、いつの間にか鎧姿になっている。

「何者だ」

その言葉に、法広に振り返って笑っている。

「戦だ」

それだけ言うと、奥に進んでいく。法広は諦めて、出口に戻る。外に出て山を見ると、黒い煙は雲のように、空に広がっている。その中で、ときどき火の柱が見える。

法広は、胸が苦しくなった。山から『気』がこちらに向かって流れ込んでいる。この地で初めて感じた『気』。それは今まで、受けたことのない大きな『気』の塊だ。それが奔流となって流れ込んでいる。

「どう。法広さん。火は本当に噴いたでしょう」

小花が笑っている。

「小花。ここは危ない」

「大丈夫。私たちは。法広さん、あなたたちこそ危ない。早く、お逃げなさい」

「村人は」

「心配ない。私たちに、任せて」

自信に満ちた小花の言葉だ。

「小花。おまえは一体」

小花は笑いながら、法広の見ている前で、再び洞窟の中に走っていった。法広の頭の上に、砂や小石が落ちてくる。手で振り払った。砂ではない、灰だ。

村の土楼にいる老剣。そして、里に使いに出した蝶英も心配だった。蝶英は、英子たちと、前野の兵を連れて戻って来るはずだ。この火の噴き出しに出遭ってしまう。村人ばかりを相手にしてもいられない。ぐずぐずしていると、こちらがもっと大きな災いに、巻き込まれかねない。

法広は村へ向かって走った。

老剣は、土楼の外に出た。山が黒い煙を吐き出し、そして火を噴き上げるのを見上げていた。周も出ている。

「始まった」

老剣は振り向いた。

「何が起こる。いや、何を起こすつもりだ」

老剣の言葉に周は頸を振る。

「八百年。われら一族は待っていた」

周の言葉は、老剣にはわからない。しかし、周の顔が歓喜に輝いているのはわかる。老剣は、周と言葉が通じないことが、いらだたしい。山の火柱は次第に大きくなっていく。

人の気配に振り向くと、駆けてくる蝶英の姿が見える。この時に戻ってくるとは、本当に間が悪い。砂や小石が降ってくる。蝶英は息を切らしている。

「先生。ご無事で」

「ああ。大丈夫だ」

「英子様も、前野の館を出ます。兵百も連れて。ただ、この火の山で、途中で引き返すかも」

「ああ。その方がいい。法広が土人形を調べることは、もうできない。おまえの見た洞窟も、火の川が流れれば、呑み込まれてしまう」

「法広様は」

「まだ、洞窟に出たままだ」

蝶英は驚いて
「大変。すぐ捜しに」

「待て。法広のことだ。心配ない。それに洞窟の村人もいる。何十人、いや、それ以上だろう。昨日も今日も、村から洞窟に出かけている。中の人数は増えている」

「あの人たち。どうするの」

「見ろ。周は少しも慌てていない。むしろ火の山を喜んでいる。おかしな話だ。こちらの、要らぬ心配かもしれない」

でも、と蝶英の心配は続く。

「土楼の村人は、洞窟と畑にいる。村については長老の周に任せておくしかない。いいも悪いも、自ら決めるだろう。それより、英子様の兵だ。彼らを止めなくては」

蝶英の話では、村に向かってくる途中のはずだ。

「周、馬をまた一頭、借りるぞ」

老剣は、中庭の家に入った周に声をかけた。

「蝶英、周の馬で、英子様に伝えろ。戻れって。この村と、途中の山道は危険だ。おまえも、もう、ここに戻らなくていい。皆と一緒に里で待て」

蝶英は、一瞬、躊躇する。先生と分かれて里で待つ、それは、いやだ。

「早く行け、蝶英」

老剣が促した。そのとき、扉が開いて、法広が駆け込んでくる。家の軒に入ると、頭の灰を掻き落とす。

蝶英が馬を引いて、門を出ようとする。法広がその手を握って、止めた。

「駄目だ。今、外に出るな」

「法広殿。前野の兵たちを戻らせる」

老剣が言うと
「英子様が判断する。危険と思えば戻る。心配ない」

更に法広は蝶英の腕を引いた。

「無茶しなくていい」

そう言う。蝶英は法広の顔を見る。そして老剣の顔。老剣は頷いた。

「そうだな。蝶英、法広殿の言う通りだ。ここにいろ」

法広は、良かったな、という笑顔を見せる。蝶英は頷いて、馬を引いて馬小屋に戻る。

また、一段と大きく足元が揺れる。大きな音が響いた。中庭からも見える。格段に大きな火柱が噴き上がっている。空を覆うような黒い雲が湧き上がった。

「家に入れ」

法広が声を上げた。すぐに中庭の平屋に入る。屋根の瓦に、ぼつぼつと石が当たる音。それに、瓦を突き抜けて、大きな石が落ちてくる。

「屋根を破るぞ。油断するな」

老剣も声を出す。土楼の平屋の屋根は、都の寺院と同じように瓦葺きになっている。藁葺の屋根より頑丈なのだ。それでも、ぶすぶす、と石が瓦屋根を突き抜ける。割れた瓦ごと、床に落ちてくる。家の中でも危険なのだ。地鳴りがやんだ。屋根の石の音もしなくなる。火の噴き上げも、一旦、落ち着いたようだ。老剣と法広は互いに目配せをして、家の外に出る。中庭にも、いくつもの大きな石が落ちている。石と地の揺れで、土楼の三層の建物も土壁が崩れていたり、廊下が抜けて落ちていたりしている。扉を通って外に出た。

辺りは暗くなっている。山を見ると、火は小さく治まってはいるが、黒い雲を限りなく吐き出し続けている。そして、頂から火の川が流れていた。流れは、山肌から岩場に向かっている。昔の火の川が冷えて岩場になった。その上をまた火の川が覆っていく。このまま広がれば、岩場の果ての土人形の洞窟にまで向かうだろう。

法広は山を見つめている。山の『気』は更に激しく強くなっている。それが、一つの塊となって下りてくる。火の川と同じ、洞窟に向かっていた。洞窟からも、強い『気』がある。法広が都からたどってきた『気』そのものだ。それが遙かに強くなり、山の火の川の『気』を呼び寄せている。『気』が『気』と呼び合っているようだ。

何か、かつて無いことが起こっている、法広は背筋が緊張で強張っている。小花の、始まる、その言葉を思い出した。彼らが繰り返した言葉。始まり、か。これが始まりなのか。

火は一段落している。法広は走る。

「何処へ行く」

「確かめに」

老剣の言葉に、そう答えた。

その通り。私は確かめたいのだ。始まりを。何が始まるか。

法広は、再び洞窟に向かって走る。

「私も行く」

蝶英も叫んだ。小花や老信が気がかりだ。あの土人形の兵たちも。待て、と老剣も止めようとしたが、諦める。

蝶英は独りで洞窟を探ったのだ。その行く末をも知りたいはずだ。いつまでも、子供ではない。だからここへも連れてきたのだ。

蝶英は法広に続いて走った。老剣もそれを見ている。長老の周を見張っていたが、それは違う。ここではない。洞窟で、何かが起こりつつある。老剣もゆっくりと、二人を追い始めた。


先頭を行く英子が真っ先に気付いた。目的地の火の山が、今、まさに火を噴き出し始めている。黒い雲が空を覆い出した。英子は馬を止める。前野で誂えた兵の長を振り向いた。

「これは幸先がいいのか、悪いのか。火の山まで歓迎だ」

そう言うと、兵長も苦笑する。

「英子様、そのうちに熱い石の礫《つぶて》が降ってきます。東国から蝦夷の地は、火を噴く山が多い土地です」

「畏れはしないか」

「なんの。われら火の山ごとき、何事でもありません」

「頼もしいな」

むしろ、飛鳥からの兵が、初めて見る火の山に驚いている。怖気づく者もいる。

「都の大王の兵が、東国の兵に侮られたいか」

飛鳥の兵の長にも、そう声をかける。まだ火の山の麓までは大分ある。石礫が降ってきたとき、考えればよい。何しろ、蝶英という若い娘でさえ、早々に山に帰っていったのだ。

「急げ、先陣の娘に遅れをとるな」

馬の腹を蹴って、火の山に向かっていった。

蝶英に、洞窟の岩場が見えてくる。洞窟から村へ通じる小道を、中から出てきた村の人々が歩いている。百人からの村人が火を避けながら村に戻っていく。蝶英は、その中に小花や老信を捜したが、見当たらない。先に戻ったのかもしれない。

山からの燃える火の川は、洞窟の岩場に迫っている。すぐに洞窟と中の何百もの土人形は、火の川に呑まれてしまうだろう。洞窟の上の岩場に人が見える。蝶英は、更に先に進んでいく。あちこちに大きな岩も落ちている。山が噴き出した物らしい。洞窟の入り口が見えるところに出た。火の川が迫っている。

「老信だ」

そこにいる法広が言う。蝶英が初めて見る鎧姿だ。軍の衣装、それも、雑兵ではない。将軍のような長だろう。

「何をしているの」

「さあ。あのままだと、火の川に呑まれる」

法広も見つめている。火の川が、いよいよ迫ってきた。

「蝶英、もっと下がろう」

法広はそう言うと、蝶英の手を強引に引いて、小道の脇を駆け上がって、少し高い場所に出た。ここからは岩場に迫る火の川が良く見える。村人も、安全なところに逃げきれたようだ。

「呑まれるぞ」

そこには、いつの間にか老剣も来ている。岩場を見つめている。

法広は恐ろしいほどの、『気』の流れの圧力を感じている。自分が標的にされていれば、間違いなく、その場で燃え尽きるほどの力だ。『気』は全て岩場に向けられている。岩場の上に立つ老信は、身じろぎもしない。自分に迫る火の川に、真正面から対峙している。

老剣も蝶英も、『気』の動きは感じている。しかし、それは殺気ではない。老剣も戸惑っている。得体のしれない『気』。化け物のように膨れ上がった『気』を感じている。

火の川が岩場の端に届いた。ちょうど、蝶英が、その隙間から洞窟に潜り込んだ辺り。蝶英はすぐに気付いた。

「あの場所から」

小さく声を出した。

火の川が端に届くと、さあっと瞬く間に岩場の上に広がっていく。

蝶英が、あっ、と声を出した。岩場から洞窟から、炎に包まれる。炎の中に老信の姿は消えている。

蝶英は、法広の顔を見上げる。法広は、じっと燃える炎を見つめたままだ。また、大きな地鳴りがした。足元が揺れる。あれほど強かった『気』が、嘘のように消えている。炎が一段と激しくなっている。まるで『気』が炎となって燃え尽きてしまったようだ。

炎の中で、洞窟の岩場の天井が崩れていく。いくつもに割れてそれぞれ炎の中に落ちていく。あれだけ作ってあった土人形も、そのまま岩の瓦礫で潰れてしまっただろう。蝶英は、暗い中で懸命に土人形作りをしていた村人たちを見ていただけに、何とも虚しい思いがした。全ては土に還ってしまう。

火の川は岩場を覆い、そのまま崖を下って、その先の滝に落ちていく。滝の水が白煙となって恐ろしい勢いで立ち上っている。山の中腹の新たな火の口からは、別の火の川も流れ出して、それは南の盆地、村の方に向かっていた。

「法広様、あの火の川。洞窟は崩れて、もうなくなったわ」

法広も、その火を見ている。火の山も土人形も、ただの言い伝えに過ぎなかったのか。そう思う。全て火の中に消えてしまった。村を守るなど、ありもしないことだ。山の頂から噴き出す火は止まらない。

「法広殿、あれを見ろ」

老剣の言葉で、法広はまた岩場に目を向ける。洞窟は入り口を残しただけで、潰れて燃えている。その炎の中にずらりと柱が並んでいる。蝶英が
「土人形」

そう、言葉に出した。土人形が、岩に潰されずにそのままの姿で直立している。炎に炙られても崩れるわけでもない。落ちた天井の岩の方が、灰になったようだ。

めらめらと燃える炎の中で、立ち並ぶ土人形。炎の動きに合わせて、ゆらゆらと動いて見える。

「動いている」

蝶英が、小声でそう言うと

「火だ。炎の揺らぎのせいで、そう見える」

法広が言う。老剣が、ゆっくりと口を開いた。

「いや、違う。よく見ろ」

法広は、そう言われて目を凝らす。何百本もの柱、土人形が、炎の中を少しずつ前に出ている。炎のせいではない。確かに、前に動いている。よく見ると、足を揃えて歩いている。もう一度、見直ししても、変わらない。

蝶英は、法広を見る。

法広の顔が、落胆から驚きに変わっている。

皇帝の陵墓に副葬される土の兵。その土の兵である兵馬俑が、この倭の地で生を得て動き出している。この目で見ている。

「軍団。死の軍団。本当に甦った」

法広は言葉を絞り出す。

「まさか、この倭の地で」

もう一度、繰り返した。

「術は、成し遂げられていた。軍団は甦った」

「術。術とは」

法広の言葉に、老剣が問い返した。

「徐福の術。生者を不死とし、死者を生者とする術。不老不死の術だ。見ろ。土人形に命を吹き込むこともできる」

法広はそう言うと、頷いている。

やはり、法広の目的は不老不死の術か。老剣は苦笑した。法広も、今まで表には明かさなかったことだ。ただ、そんな噂を老剣も、斑鳩で小耳に挟んでいた。不老不死の術。隋の皇帝が、海を越えてまで徐福の文書を探すのも、肯けるというものだ。

「じゃ、術を使う人は何処」

蝶英は、法広の言葉を聞いて言う。すぐに、あっ、と声を出した。

「あの老信さん。洞窟の前で。炎の中に。平気で」

土人形の先頭に老信がいる。不老不死の術とやらを使って自らも生きて、そして、土人形にも命を吹き込んだ、蝶英はそう思った。

少しずつ、炎の勢いが消えていく。土人形の兵の動きが止まったようだ。火の山を見ると、盆地へ下りる火の川の勢いが増している。

「英子様が気がかりだ。そのままこちらへ向かっているかもしれない。私は、村へ戻る。いずれ、村も火にかかる」

老剣がそう言うと、法広は頷いた。

「土人形は止まっている。私も一旦、村に戻る。このままでは村は火に呑まれる。村人を守らないと。言葉が通じるのは、私だけだ」

八百年、異国で暮らしてきた同邦の村人を、このまま放ってはおけない、その思いだ。老剣と蝶英は、村に戻る道を駆け出している。法広もそれに続いた。

火の山から立ち上る火柱を見ながら、物部仁人は迷っていた。このまま、隋の僧を見張り続けるか。それとも、僧の失敗を見越して、引き揚げてしまうか。僧の見つけた渡来人の村も、この火の山で、焼かれてしまうだろう。全てが灰になれば、それで終わりだ。残念だが、徐福の術を知る方法は潰えてしまう。

「迷うことなど、ありませんよ、連様」

そんな姿を見ていた龍円士が、声をかけた。

「何故だ」

仁人が、怒ったように言う。龍円士は笑っている。

「あの老剣が、蘇我英子をおいても、隋の坊主に付き合っている。あの村に留まっている。何かある。老剣が諦めていない。あの、稲妻の龍剣が諦めていない。老剣が諦めなければ、われらも、諦めることはない」

「老剣か」

仁人も考えている。

「老剣を追って火の山に近づけば、われらの身も危ういことになる」

仁人の言葉に、龍円士が皮肉そうに笑う。

「連様。われら物部に、もう、失うものなど無い。今の物部が命を惜しんでどうする。一族が滅ぼうかというときに」

仁人は龍円士をにらみつけた。そして、次の瞬間、大声で笑い出す。

「その通りだ、円士。良くぞ言った。手ぶらで飛鳥に戻ったところで、物部の居場所は無い。今まで通り、蘇我の目を逃れて、隠れて生きるだけだな」

笑い続ける。

「おまえの言う通りだ。老剣のことは、おれも信じる」

龍円士を皮肉そうに見る。

「おまえよりも、な」

「それで結構、連様」

龍円士も笑う。仁人は、兵たちに前進を命じた。

老剣たちが土楼に戻ると、洞窟の土人形作りの男たちが帰っている。それぞれの土楼の部屋に戻り、女たちと共に必要な物の荷造りを始めていた。土楼も崩れかけて、危険な状態だ。そして、中庭の倉から穀物袋などを持ち出している。火の川が迫っていた。ようやく、慌て出した風情だ。

法広が、指図をしている周を見つけた。声をかける。

「皆を高台に逃がせ。手を貸すぞ」

周は頸を振る。

「ここから、遠くへ行く。何か月もかかる」

法広には、わからない。何を言い出すのか。

「何処へ。何処へ行くつもりだ」

この倭の地に行く場所があるか。

「秦だ。会稽《かいけい》に帰る」

秦。八百年前に滅んでいる。この村の人間は、先祖が会稽の港を出た日から、時が止まっているようだ。

「秦など、とうに滅んだ。今は隋の世だ。海を渡って帰ることなど、とても無理だ」

馬鹿馬鹿しい、法広がそう言うと

「秦軍と一緒に帰る」

周は、法広の顔を見つめる。

「その目で見ただろう。秦の軍。甦った。海を渡る。秦の国も甦る」

あきれている法広も、気を取り直した。

「ともかく、早く高台へ。火の川が来る」

中華へ渡るより、高台に上がる方が先決だ。周を急かす。

「荷物より、空身《からみ》で逃げろ」

そう言うが、誰もが荷物を離さない。火の川は山裾の斜面を下り、森を燃やしている。老剣と蝶英も手分けして土楼を回り、言葉が通じないながらも、盆地の端に繋がる高台を指さして、早く逃げるように促している。

ようやく荷物を抱えた村人が、少しずつ土楼から離れて村外れに向かう。高台に上り始める。山裾から盆地に下り始めた火の川は少しずつ、向きを西に変えて行く。

山裾の緩やかな傾斜が幸いしている。火の川は、急には村の中に入ってはこない。それでも、山から岩場を越えて、土楼に迫っている。老剣たちが、村人をけしかけるように、土楼から村外れへと追い立てる。土楼が火の川に触れている。村にも、火の流れが入り始めた。やがて、端の土楼全体に火が回る。土壁造りの土楼なので、火は煙を出して壁を焦がすように広がっていく。

高台に村人を連れ出していた蝶英も、上から見ている。一番山に近い岩場寄りの土楼が二つ、火の川に呑まれて燃え出している。村の女たちの悲鳴がする。すすり泣きの声がする。

「泣くな。家などまた建てればよい。火が鎮まるまで、ここを動くな」

蝶英の言葉は通じずとも、その強い口調で、女たちも頷いた。蝶英は、高台を駆け下りていく。三つ目の土楼が火にかかるかもしれない。逃げる村人の間を駆け回って手助けする。老剣と法広も、荷物を持ったり、子供を抱えたりと、忙しく動く。次の大きな火がいつ噴き出すか、わからないのだ。

火の山は沈黙を守っている。法広も頂を眺めている。黒い煙は変わらないが、輝くような火の柱は治まっていた。村も、土楼は二つ焼けたが、なんとか生き延びているようだ。村人の大半は村外れの高台に逃げている。

「今のうちに、高台に行け」

法広は、まだ土楼辺りでうろうろしている村人の中に、周を見つけてそう言う。

「村人を逃がすんだ」

周は頷いた。

「国の帰り支度を」

まだ、そんなことを言っている。この大変なときに。燃えた土楼もあるというのに。法広は周の胸ぐらを掴んだ。

「いい加減に、目を覚ませ」

揺さぶる。

「目を覚ますのは、おまえだ。見ろ」

周は顔を真っ赤にしながら、指さした。

法広が顔を向ける。周から手を離した。

土楼のある平地から畑を通り洞窟に下っていく坂。その坂に砂煙が上がっている。いくつもの頭が見えている。段々と、顔全体も見えてくる。砂煙の中を、兵たちが整然と行進してくる。燃える炎の中で動き始めた土人形の軍団だ。色こそ土気色だが、鎧をつけ、それぞれ武器を持った兵だ。土人形が全て動いていれば、千人近い軍団となっている。先頭にはあの老信がいる。

「老信様。李《り》将軍」

周が大声で呼びかけた。老信。李将軍。

法広は、周の呼びかけの言葉を反芻《はんすう》した。老いたる信という呼び名。それが李将軍。李信《りしん》将軍。まさか、あの秦の将軍。秦の大将軍李信。

村に入り、土楼に近づく手前に、軍団は止まった。先頭の老信だけがゆっくりと、村の中を通り、高台に近づいてくる。周が歩み寄った。法広も続いた。

「ようやく兵が整った」

周に声をかける。そして傍らの法広を見る。

「おまえはどうするつもりだ。共に、帰るか」

「待て」

声をかけられたが、法広はその言葉を遮った。

「あなたは、李将軍。将軍李信か」

老信は、それを聞いて笑う。

「李信。李信など、わしは李信など、知らぬ。ただの陶作りの職人だ」

「それにしては、釉薬も焼き窯もない」

「窯はあれだ」

黒い煙を吐いている火の山を指さした。

「見ただろう。山からの火で、一気に焼く。これがわしのやり方だ」

そう言うと、笑っている。

「焼いた土の兵が、どうして動く。どういう術だ」

軍団を見ながら訊く。術者は、この男か。老信、いや李信か。

「さあ。そんなに買いかぶるな。わしの術ではない」

更に笑っている。この男も、術で操られているのかもしれん。さもなくば、あの炎の中で生きてはいまい。術者は他にいる。法広にはわかる。八百年前に、徐福がかけた術かもしれない。火の山がきっかけとなり、効力が初めて働く術。八百年前に、そういう術をかけていた。徐福ほどの術者なら、ありえない話でもない。

「誰の術だ」

あらためて、訊く。笑っている。話すはずもない。自分で探せ、老信の目がそう言っている。村に近づいていた軍団は止まったまま、動かない。千近い数だ。ずっと後ろまで続いている。それが、少しの音も立てない。その場でまた元の土人形に戻ってしまったようだ。

千の軍団が、老信の命令で動き出す。それをじっと待っている。

「法広、だったな。われらと共にある気がないなら、この村には関わるな。もちろん、この兵たちにもだ。われらの邪魔をすれば、同邦の者といえども、容赦はしない」

そう言うと、周と共に村に戻る。残った崩れかけた土楼の中に入っていく。法広はそれを見送っているだけだ。

やがて、老剣が法広の傍らに来る。再び道半ばで止まっている土人形の軍団を見て
「法広殿の探す、八百年前の術というのがこれか。この魔物が」

責めるような口調で言う。

いや、と法広は頸を振った。不老不死の術の本筋は、人にかかるものだ。命の無い土人形を生かす術は、派生の術の一つに過ぎない。

「数は千近くあると聞いている。人でも魔物でも、この地で千の兵といえば、大軍だ。蝦夷でも東国でも攻め落とせる軍だ。何が目的だ」

「さあ」

中華に帰る、それを言っても信じてもらえまい。ここ東国から東海道を通る。難波津から海を通って外海に出る。あるいは山陽道を陸路で行き、那大津《なのおおつ》から韓に渡る。

法広は、今は動かない兵を見た。まさか、この千の兵でそれを行う気か。東国な

らともかく、飛鳥の大王の兵だけでも、千の兵など一蹴できる。

「法広殿、前野の兵が」

法広が見ると、英子とその兵が、村外れまで来ている。老剣が迎えに走り出した。

ここには千の兵がいる。知らずに来ているはずだ。法広も走る。


一旦、治まっている火の山を見上げながら、英子は近づいてくる老剣と蝶英を見ている。土楼もいくつか火を出したままだ。

老剣が近づくと、英子も馬を降りた。

「火の落ちる中、馬でここまで来るのに難儀したぞ」

老剣に笑いかける。

「飛鳥の兵は、皆、怖気づいてる。見るのも初めてだ。火の山も、飛んでくる火の礫も」

そう言うと、兵を振り返って笑う。

「前野の兵も続いている。百、集めた」

法広の注文通りに兵を買い取っている。老剣は困った顔をした。

「英子様。状況が変わりました」

「百では足りないか」

「いえ。実は、相手の兵は千」

「千」

英子も驚いている。

「この辺境に千の兵が」

前野の全ての兵でも千はない。二百や三百ならともかく。東国全てで兵を集めることになる。それには、飛鳥の大王や厩戸皇子の指図がなくては無理というものだ。

「何処から、そんな兵が。ここは、ただの渡来人の村だろう。村人もせいぜい二百や三百だった。何処から降って湧いたのだ」

言葉通り、降って湧いたようなものだ、それも地の底からだ。老剣は腹の中でそう思った。

「話せば長くなります。とにもかくにも、まずはこの場は」

今は動かない千の兵だが、動き出せば窮地となる。そう老剣が英子に話していると

「老剣殿、兵が動く」

法広の声がする。

「油断するな」

止まっていた兵が、前の方から動いている。村の中へ進み始めた。ただ、先頭の二列ほどだ。数にして十ほどの土人形の兵が、歩き出している。一歩一歩進むに従って、ぎくしゃくした動きから、次第に滑らかな動きに変わっている。明らかにこちらに向かって進んでくる。英子も、見たことのない兵に初めて気付いた。

「あれがそうか」

老剣に尋ねると、頷いて言う。

「左様です。ご油断なく」

英子はすぐに馬に乗る。連れてきた飛鳥の騎兵が、英子を守るように取り巻いた。

老剣と蝶英も英子の馬の前で剣を抜く。

前方から、土人形の兵が近づいてくる。英子の後ろには前野の兵百がいる。英子は馬上から、じりじりと近づく兵を見ている。顔も身体も土気色だ。数は少ないが、不気味な威圧感がある。恐れから、英子の自制心が飛んだ。老剣が止める間もなく

「騎兵、行け」

英子が命じた。飛鳥の兵長が、後ろに続く騎兵に、突っ込め、と大声で命じる。騎馬の兵、三十が坂道を駆け下りた。先頭の英子たちを避けながら、剣と槍で正面の兵に向かっていく。駆け下りた三十の騎兵が十の土人形の兵に正面からぶつかった。騎兵の槍や土人形の兵の剣や槍が光って宙に舞う。騎兵が駆け抜けると、ただ馬だけが走っている。騎兵のうち、何人も、からめとられて落馬している。

やりすごした無傷の騎兵は、向きを変えて、また土人形の兵に突っ込む。土人形の兵は、馬上の騎兵を叩き落とし、落ちた騎兵を斬り伏せている。

「蝶英、英子様を守れ」

老剣はそう叫ぶと、土人形の兵の中に飛び込んでいく。兵の喉に剣を突き刺し、頭を割り、肩から斬り裂く。駆け抜ける間に数人を斬った。その間も土人形の兵は、

騎兵を落として斬り倒している。

蝶英は左手で、英子の馬の轡《くつわ》を取っている。引きながら土人形の戦いの場からは遠ざかる。離れていく。

自分の見た、あの土人形が動いている。とても信じられなかった。相手は魔物だ。今は、先生の命通り、英子様を守ることが第一だ。

英子を抑えるようにして、馬ごと後ろに引いていく。更に後退する。

法広は、騎兵が落とした槍を拾って、土人形の兵に向かっていく。槍を頭上で風のように回して使う。棒術の心得もある。

乱戦の末に、十人の土人形の兵はいずれも、斬られたり、刺されたりして倒された。飛鳥と前野の兵も、二、三十はやられたようだ。

村の道に残った土人形の隊列は、動かないままだ。倒された土人形の兵の加勢には出ない。何故だ、何故、一気に来ない。老剣が右手に剣をぶら下げながら、訝しく思っていると、老信が現れる。老剣が剣を向ける。

「なかなか、やるな。倭の剣士」

笑っている。

「いつまで寝ている。起きろ」

老信がそう言うと、倒れ伏していた、土人形の兵が動いた。胸を突かれ、頭を割られたはずの兵が起き上がる。頭や胴などの斬られて壊れた部分が、見る見るうちに元に戻る。立ち上がると武器を手に、そのまま戦う構えを取った。

「見たか。法広、説明してやれ。倭人に。秦の死の軍団。不死身の兵のことを」

槍を持ったままの法広にそう言うと、愉快そうに笑う。

確かに漢代の術書に、兵馬俑の兵の甦りと不死身について、書かれたものがあった。しかし、法広は半信半疑だった。だが、偽書ではなかった。法広は、それを今、目《ま》の当たりにしている。

「口にしなくとも。見ればわかる」

法広の恐れるような口調に、老信は笑顔で言葉を続けた。

「この死の軍団が、咸陽に向かう。この秦の民も連れて。どうだ。それを阻む敵などいない。わしの軍団には」

更に大きな声を出して笑う。

「行け」

老信の命令に、甦った十の土人形の兵が、再び英子の軍勢に向かって進んでくる。

残った騎兵も一斉に進み始めた。

「退《ひ》け」

向かってくる土人形の兵を見て、老剣が英子の兵に向かって叫ぶ。

「英子様、兵を退け」

老剣の叫びも、混乱の中で馬上の英子には届かない。老剣と法広は、再び土人形の兵に飛び込んでいく。それと同時に、騎兵が坂を下って突っ込んでいく。土人形の兵に正面からぶつかる。再び乱戦になった。

老剣の剣や法広の槍が土人形の兵を斬り、貫いても、すぐに起き上がる。次第に甦りも早くなる。英子の兵も、相手を倒しても、起き上がっての返す太刀を受けて、次々と倒れていく。蝶英はその様子を見ながら、英子の馬の轡を持って、更に後ろに引いていく。英子も驚きで、動けない。目の前で、倒された土人形が何度も立ち上がる。そして味方の兵を討ち取っていくのを、唖然として見ているだけだ。

「英子様、あの兵は魔物です。退いて。命令して」

馬上の英子に向かって、蝶英が非礼を承知で叫んだ。

「退け。退け」

英子は、我に返って声を上げる。英子の声に、土人形の兵が反応した。動きを止める。倭の兵が退くなら、追うことはない、そういう命を受けているようだ。

老剣と法広が、それぞれ斬り合っていた兵も、離れると剣を下げた。

老信が、大声で笑いながら近づいてくる。

「戦は終わりだ。法広。いずれ、道の途中で出会うだろう。これ以上、ここで無駄な殺生はしない。生きている者は連れて帰れ」

老信が言う。土人形の兵は、待機する兵の列に戻っていく。法広が倒れた兵のうち、息のある者を確かめている。動ける兵が、倒れた兵をそれぞれ馬に載せる。歩ける兵は退いていく。老剣は、英子の元に駆け戻った。英子の無事を確認して、安堵している。

蝶英は、初めて見た目の前の戦に呆然としていた。そして、自分が力になれなかったことが、口惜しかった。老剣が、そんな蝶英の肩を叩いた。

「よくやった。蝶英。英子様をお守りした」

そう言って、笑いかけた。

英子は何も言わず、残った兵をまとめて、村から退いていく。

死の軍団はきれいに整列している。火の川の流れは村をそれて崖から落ちている。火の山の火柱も消えて、ひとまず峠を越えたようだ。

負け戦の英子の軍は、山を下り、里を目指して撤退していく。

英子とその兵が、前野の地にたどり着くと、館は大騒ぎとなった。火の山は、一旦治まってはいるが、噴き上げた石や灰はこの館にも飛んできている。地の揺れで壊れた建物もある。これから何年も田や畑の作物への障りが続くだろう。

つい五日ほど前に、仰々しくも出陣した軍が、半分ほどになって戻ってきた。無傷の者はほとんどいない。馬や荷馬車での帰還である。載りきれなかった兵は、これから歩いて続くという。負傷した兵を館の中庭に寝かせていく。馬の背に揺られて、既に事切れている者も多い。怪我は血止めの薬草を潰して傷口に塗り、布で縛る。苦しむ兵には、水を飲ませて、額を濡れた布で拭いてやる。

蝶英も、館の女衆に混じって、傷ついた兵の手当てを手伝う。痛みにうめいている兵がいる。胸から、まだ出血している。蝶英が当て布を取り替えながら、しっかり、と手を握りはげましている。しかし手当てに不慣れな蝶英にも、もう持たないことは見て取れる。大きな手が、蝶英の目の前の兵の額に当てられた。驚いて見ると、館で見かけた、吐火羅人だ。何か口の中でつぶやいている。苦しんでいる兵の顔が、安らかになった。目を開ける。吐火羅人の顔と蝶英の顔を交互に見る。そして、つぶやいた。何、と蝶英が兵に耳を寄せる。聞き取れない。目を閉じる。兵は死んでいた。最期は穏やかに眠るように。

蝶英は吐火羅の男の顔を見る。悲しそうに、でも、微笑んでいる。兵の額に当てていた大きな手。館の仕事で怪我でもしたのだろう。ひどい傷がある。蝶英の視線に気付くと、恥ずかしそうに手を着物に隠した。

男は、蝶英の知らない吐火羅の術を使ったかのようにも見える。黄泉の国に苦しみながら旅立つ人を、心安らかにして送っていた。

「死んでしまった」

蝶英が言うと、男も頷いた。

「でも最期は笑顔で」

男はつらそうに頷く。やさしい人なんだろうと、蝶英は思う。近くでうめく声がする。蝶英は声を出す兵に動いて、屈み込んだ。できる手当てをして顔を上げる。吐火羅の男を目で捜す。背の高い身体を縮めるようにして、また別の兵の手当てに屈んでいた。


前野主は、英子から敵の兵について聞いている。千という数に驚かされた。その場で近くの領主にも使者を出して、兵を募る。すぐにも、火の山から軍勢がやって来る。飛鳥に援軍を求める時間はない。それに兵を集める許しを求めるまでもない。この前野や周りの領主の存亡に関わる戦になる。畑の民も、すぐに兵として駆り出される。

火の山の裾野の村から東海道へ出るには、この前野の地を抜けなくてはならない。砦のように、館の塀を高くする。庭に武器や兵糧を集める。近くの里から兵も来る。一つの領地や県では難しくとも、それぞれの力を合わせて戦って防ぐ、前野主はそう、檄を飛ばしていた。

何度かあった同じ東国の氏族同士や、蝦夷との戦とは違う。火の山から来る道に柵を二重に作る。あの村には馬は四頭もいないという。里まで下りるのには時間がかかる。その間に、できる方策は取る。

前野主は、蘇我英子の蝦夷の村探しが、自分の領地を守る戦となったことに納得はしない。しかし、大慌てで、戦の準備を進めている。

英子は後悔していた。飛鳥の兵は二人残ってはいたが、負傷している。八人は、英子を守るために、真っ先に戦って命を落とした。ここまで案内した大犬も死んでいた。老剣と蝶英は無事だが、この二人だけとなってしまった。隋の正使裴世清の依頼を受けてここまで来て、ひどい有り様に陥っている。このままでは、あの死の軍団が、飛鳥に向かうかもしれない。都を素通りして、中華でも韓でも向かえばそれでいい。死の軍団は何も、この国に関わりもないはずだ。戦となる名分もない。そうは思うが、彼らがどう出るかは、わからない。

老信とかいう男と話すか。戦を避ける、都を避けるように。それが、互いに得だろう。英子がそう考えていると

「それは無駄でしょう」

法広が声をかけた。考えを読んでいる、英子は法広の顔を見た。

「あの、死の軍団と取引する。おそらく無駄でしょう」

「何故だ。それこそ無駄な戦だ。彼らは、中華の地に帰りたいだけだ。帰してやろうじゃないか」

法広は頸を振る。

「あの軍団には、そんな道理は通じません。ただ、力尽くでの破壊。最も強い軍団であることを誇示する。そして、阻むものは全て滅ぼして進む。それが彼らの本性です」

「何故、そんなものが。ただの土人形から」

英子が、高句麗の僧恵慈から聞いた、中華の史書にあるという術。法広たちは隠していたが、やはりそれが目的だった。徐福の不老不死の術。それが、本当にあったということだ。土人形から軍団が生まれている。しかも、不死身だ。

「徐福の術が生きていた。私たちが考えていた術の文書や代々続く道士ではなく、術そのものの現れでした。火の山の力で甦る、そういう術をかけていたのでしょう」

英子は、その法広の言葉を考えている。

徐福の子孫。徐福の文書。所詮は中華の、隋の話だ。やまとは隋に協力して貸しを作ればいい、だから、あやふやな話にも乗ったのだ。それが、思いも寄らずに、火の山と共に、こちらも、とんだ火の粉を被ることになった。それも、他ならぬ、このおれがだ。蘇我の末子というだけで、こんな破目に陥っている。どうすればいい。

英子は法広を見る。

「まず、軍団を止めることです」

「できるか」

英子は、それが不安なのだ。老剣たちも飛鳥の兵も、確かにあの土の兵を斬った。しかし、斬られた兵がすぐ甦り、立ち上がるのも見た。不老不死、というより不死身の兵だ。

「切りがないでしょう」

柵作りから戻ってきた老剣が言う。

「斬っても斬っても、甦るとしたら。いずれは、こちらが斬られてしまう」

老剣は、事も無げに、笑って言う。

「術使いをどうするかは、法広殿。あなたの領分だ」

老剣は、笑顔を消すと、法広にそう言う。

「化け物だろうと魔物だろうと、斬れと言われれば斬ろう。それが私の役目だ」

そう続けると笑顔になる。剣を持って、柵や塀の見回りに出て行く。蝶英も、怪我人の手当てが一段落している。法広を心配そうに見ていたが、慌てて、老剣の後を追う。

法広は館を出た。集められた兵や砦を作る人夫の喧騒を離れて、里の外れの小高い土山の上に腰を下ろす。北を向き、結跏趺坐《けっかふざ》して両手は印を結んだ。精神を研ぎ澄ましていく。そのまま無となって、全身が固まった。『気』の流れを探っていく。火の山を目指して『気』の触手を伸ばす。淡々と時間が流れていく。消えた『気』の流れは戻っていない。

いや。法広は無意識のうちに、顔をしかめた。『気』の流れの中に、僅かな別の力を瞬間に感じた。その力は法広の『気』に触れた途端に消え失せた。逃げるように消えた。ほんの僅かな感触だ。法広は目を開いた。

術者はいる。単なる過去に仕掛けられた自働の術ではない。巧妙に己を隠しながら、今、術を使っている。法広は、両手の印を解いて立ち上がった。

徐福の術を使っている者がいる。その術の中で、一つの術、不老不死のそれを、こちらに取り込む。それができるかどうか、迷いはある。法広は頸を振る。

それが、隋の煬広王の命なのだ。躊躇うことはありえない。まさか海を渡った倭の国で、このような術者との邂逅があろうとは。

法広は笑っていた。そして、土山を駆け下りて、足早に歩いていく。

すっかり日が落ちている。まだ、火の山の軍が近づいている気配はない。柵を守る兵たちの、緊張もない。この地の兵たちは、あの軍団を見ていない。大袈裟だ、そう笑う者もいる。老剣は見回りながら、それを感じている。こちらの兵が数で上回ろうとも、あの軍の敵ではないことはよくわかる。しかし今更、この兵たちを脅したところで、どうなるものでもない。

老剣は、気配を消して動く法広に気付いた。館の厩から調達したのだろう、馬を一頭引いている。柵の見張りの兵たちも、まだ敵は遠いと眠りこけている。法広は柵を越えた。馬に乗って、走り去る。老剣は笑顔になる。

あの場所こそ、剣士の死に花が咲く最期の戦場《いくさば》だろう。蝶英が傍らについている。あの戦いの中では、蝶英を省みる余裕は無くなるだろう。

蝶英は、老剣を見て頸を振る。ここにいろ、と言ったところで、素直に従うことはない。老剣はわかっている。蝶英を剣士にしたのは、自分なのだ。これも、女とはいえ剣士となった者の宿命だろう。

蝶英に、馬を二頭、用意しろ、そう、命じた。そして英子の宿所に足を向けた。

法広は、真っ直ぐ村を目指して走る。道半ばで馬は潰れてしまい、途中の村で馬を盗んで乗り換えた。細い山道でも、死の軍団とは出会わない。彼らは、まだ村を出ていない。夜明け前には、村が見える草原に出た。『気』は消えたままだ。

馬から降りて、ゆっくりと村に近づいていく。

戦いの跡は残っていない。置き去りにした兵の死体も見当たらない。礼をもって、葬ってくれていたらいいが、そう思う。

「安心しろ」

声がした。目の前に、老信が立っている。

「倭人の死者は皆、村外れの地に埋葬した。仏教の式でな」

老信が言う。

「すまない。手間をかけた」

「もっとも、働いたのは、あの土の兵たちだが」

老信が付け加える。もちろん、それで充分だ。

「倭人に代わって礼を申します」

法広は両手を胸の前で合わせて、拱手をする。それから、じっと老信の顔を見つめる。

「あなたは、やはり、李将軍」

老信は、困った顔をした。

「秦の始皇帝。政王の死の軍団を率いることができるのは、李信将軍だけだ。違いますか」

老信は溜め息をついた。

「わしもこの歳で、また軍に戻るとは思わなかった」

そう言うと笑顔になる。

「この李有成の軍は手強いぞ。兵、それぞれも然りだ」

李将軍は笑う。後ろに、いつの間にか三人の土人形の兵がついている。

「この者たちは、郎中令《ろうちゅうれい》、世が世ならば王宮を守る兵だ。ここでは、わしを守ってくれている。おまえは、倭人ではない。術の心得も、いささかあるようだ。言ったろう。われらと共に、帰ればよい。命を、術を、粗末にするな。法広」

「私も隋の楊広王の命がある。あなたの仕えた秦王政は、今はいない。あなたこそ、隋王に従うべきだ。何度も言う。それが、今の世だ。それが天命なのだ」

李将軍は、鼻で笑う。

「秦王政は甦る。この不老不死の力で。秦王と、おまえの隋王と、どちらが天命を受けた王か、競ってもよいぞ」

まだ秦王政、始皇帝には術が伝わってはいない。どのような術にしろ、先に隋に持ち帰る。そう法広は決意している。

目の前の老信が、術を操っているとは思えない。老信が、術で呼び出された李将軍に憑依され、李将軍として目覚めているだけだろう。術者を捜すことが、第一だ。

法広は、一歩前に踏み出した。李将軍の後ろの三人が前に出てくる。

「法広。この三人とも秦軍の手練《てだれ》だ。試してみるか」

李将軍が言うと、三人は、槍、剣、蛇矛《じゃぼう》と、それぞれ武器を構える。法広はいつもと同じ、武器のない、空の手だ。一歩下がると、右手で印を切る。法広は槍の兵に飛び込み、拳を胸に突く。蛇矛をかいくぐって、右足を首筋に当てた。二人はそのまま崩れ落ちる。剣が法広の額に振り下ろされる。紙一重でかわす。

「なかなか素早いな。いい腕だ」

李将軍が感心している。

「仏寺仕込みの拳法か。だが、剣には及ばない」

兵が、法広の胸元に飛び込むようにして、剣を振るう。右、左と、法広は剣を避ける。こちらから拳を繰り出す隙がない。後ずさりしながら、追いつめられる。

「法広」

大きく呼ぶ声がした。矢が後ろから飛んで来る。法広は、その気配に跳びすさる。兵は跳ねるようにして矢を避けた。後ろから騎馬で老剣が走って来る。矢を番えている。兵に向けて放つ。更に兵は跳んで避ける。矢は兵に当てるつもりはない。法広の戦いに、割って入る方便なのだ。老剣は馬から飛び下りると、剣を抜いた。

「老剣殿、余計なことを。これは、倭人には関わりないことだ」

「そうはいかん。もうすっかり、この国の禍になっている」

老剣がそう言うと、法広も苦笑いする。

「禍とならぬように、立ち回っている」

「これは任せろ」

そう言うと、老剣が秦の兵に斬り込んだ。

「援軍が来たか。それなら」

李将軍は、振り向いて手を振る。また、数人の土人形の兵が動き出して、前に出て来る。どれも屈強な兵だ。それぞれの武器を構えると、老剣と法広、二人に襲いかかる。先に法広の拳に倒された二人の兵も立ち上がっている。

老剣と法広は、取り囲まれた。二人とも無言で、呼吸を合わせている。囲んでいる一人が、斬りかかる。それを契機に、老剣は囲みに割って入る。蛇矛と槍をくぐり、剣を左右に振るう。法広は、剣を避けながら拳と蹴りを放った。

老剣、法広の二人が再び立ち位置に戻ると、囲んだ兵のうち、五人が倒れている。

「倒しても、すぐに起き上がる。切りがないぞ」

老剣が、法広に言う。

「大元《おおもと》を倒さなければ」

わかってる、と法広が叫ぶ。その間にも、残りの兵が斬り込んでくる。

「あの、老信か」

剣で兵を突き刺しながら、老剣が尋ねる。

「いや。違う」

老剣は、倒れる兵を蹴り飛ばすと、次の兵に剣を向ける。

「誰だ。誰を斬る」

法広も剣をかわしながら、拳を繰り出す。空の手では無理だ。落ちた相手の剣を拾って、楯にするように構えた。

「拳法とは不便なものだな」

老剣は剣を構えながら、そんな法広を横目で見てつぶやいた。

「いや、まだまだ」

法広は、突き出された相手の剣を、剣で跳ねのけると、二人の兵の頸に、続けて右足の蹴りを放つ。生身の人間なら死に至らしめる打撃だが、兵たちが倒れているのは僅かな時間だ。すぐに立ち上がって戦いを再開する。本当に切りがない。たかだか、十人に満たない兵でこれだ。千人の兵が向かってくれば、手がつけられないだろう。

今はまず、李信将軍だ。老信として、洞窟の土人形作りを差配していた。必ず、李信将軍に手がかりがある。

「老信だ。いや、李信だ」

法広が声をかける。老剣は、目の前の兵を斬り倒すと、跳んで李将軍の前に立つ。李将軍は自らの得物の蛇矛を構えた。頭の上で回して、老剣に突き出した。老剣も、それをかわして胸元に剣を伸ばす。李将軍が跳んで避ける。

「久しぶりの手合わせだ。やるな、老い耄れ」

李将軍の嘲りの表情と口調で、何を言っているのか、老剣にもわかる。

「老い耄れはおまえだ。それも八百歳の老い耄れだろうが」

老剣が笑って、剣を両手で振り下ろすと、李将軍は蛇矛で跳ね返していく。そして、間合いを取って老剣の頭に振り下ろす。剣で受けても、相当に重い。剣を持った法広が加勢する。李将軍は法広の姿を横目で見ると、蛇矛を一閃、法広は剣で跳ね除ける。

「さすがだな、李将軍」

剣を構え直した法広が言う。

「小賢しいわ、半なまの方士が」

李将軍が声を上げて笑う。老剣が斬り込む。李将軍は後ろに下がりながら、蛇矛を振るう。一旦、倒れていた死の兵たちが、三人の斬り合いに割って入った。老剣と法広は囲まれる。その隙に李将軍は、離れて距離を取った。

「おまえたちの相手は、土の兵で充分だ」

そう言うと、村から洞窟跡に繋がる道を下りていく。

どうする、老剣は法広を見る。続けていても埒があかない。

「法広、老信を追え。ここは任せろ」

十人近くの兵に囲まれている。老剣を一人で置いては行けない。

「私に構うな。行け」

馬の駆ける音がする。囲まれている中に、騎馬が突っ込んできた。

蝶英は馬から跳んだ。地に降りる前に、兵一人を斬りつけ、返す剣でもう一人を斬る。

「先生、遅くなりました」

途中から、老剣の馬に離されていた。ここにきて、やっと村にたどり着いた。

「法広、行け」

老剣が叫んだ。法広は、騎馬の蝶英が囲みを破った隙に、飛び出して老信を追う。

「蝶英、こいつらは魔物だ。人じゃない。斬っても死なん。存分にやれ」

老剣の言葉に、剣を構えた蝶英も頷く。元々、自分が見つけた土人形だ。皮肉なことに、初陣がその魔物になった。ならば、情けも手加減も無用だった。

老剣の円熟した剣技とは違い、蝶英は速さと鋭い技で兵を斬り倒していく。

法広は、村外れの、軍団が立っている場所に向かって走る。兵たちが、ただ並んで立っているだけだ。そのまま、洞窟に向かって列が続いている。見た目は、全身が土気色だが、人の兵と変わらない。ただ、目は瞬きもせず、表情はこわばったままだ。一人として、同じ顔の者はいない。それが全て固まって立っているのは、不気味だった。全部が動き出して、その脇を走る法広に襲いかかれば、すぐに潰されてしまうだろう。法広も、腹を括って走っている。兵たちの隙間から、李将軍を目で捜している。

兵の列の間を走り抜けて、洞窟近くまでたどり着く。洞窟は入り口だけ残すようにして、すっかり潰れてしまっている。岩場の上に火の川が通って、焦げた河原のようになっていた。近づくにつれて、火の川の残りの熱気が顔を打つ。

また少し、地鳴りがして揺れている。見上げると、少しずつ火の山が力を取り戻しつつあるようだ。更に同じように火を噴けば、今度こそこの村も全て呑まれるだろう。里までも、また火が飛んで行く。法広は振り向いた。あの土人形の兵は山からの火で、甦った。また、次の火を待っているのか。火がまだ充分でないため、待っているのか。もう一度、山の黒い煙を見上げた。

「その通りだ」

洞窟の残った入り口から、李将軍が出てくる。

「よく、術のからくりに気付いたものだ」

李将軍も感心している。

「さすがに、隋とやらの仏法の学僧は違う」

皮肉に笑っている。

「もう一度、火の山が大きく噴く」

法広のかけた言葉に、頷いた。

「そういうことだ」

「その火の生み出す『気』の力で軍団を動かす」

「まあ、そんなところだ。最初の火は、土に命を与え兵にするのに使った」

「千の兵はできたはいいが、腹が減って動けない」

法広の言葉に李将軍は笑う。

「その通りだ。兵が飯を食うのを待っている。火の飯を」

「火がまた噴けば、村は終わりだろう。今は固まった火の川の上を、また火が流れる。そのまま村に流れ込む。村人はどうするつもりだ」

李将軍は頸を振る。

「もちろん、国に一緒に連れていく。われらの子孫の民だ」

「火が、村の全てを呑み込んでいく。そんな中でか」

李将軍も、火の山の吐き出し続ける黒い煙を見上げる。

「できる限り、努めよう」

そう言うと笑う。

この兵が本当に、中華へ向かうつもりか。倭の国を横断して、港に出る。港から倭船を集めて海を渡る。

法広はよくわかっている。

それを止められるのは、仏僧であり道士である自分だけだ。そして倭の地のうちに、不老不死の術を得て隋に帰る。それが自分の使命なのだ。

法広は、李将軍の前に進んだ。

「李将軍、術者は誰だ。何処にいる。誰が火の山からの『気』を集め、兵を操っている」

李将軍は笑う。

「法広。誰を捜して、ここまで来た。考えるまでもなかろう。わしが話すまでもないことだ」

まさか、と法広も思う。

「このわし、李信がここにいる。八百年前の男だ。それなら、不思議はないだろう。わしと同じ、秦王に仕えた者がここにいても」

まさか。法広が絞り出すように、口にする。

「徐福が。今も」

李将軍は声を出して笑う。

「徐福でなければ、誰が不死の術を使う。不老不死の術を見つければ、まずは自ら試みる。徐福が、不老不死の初めの者だ」

法広も、唖然として李将軍を見ている。

「そうだろう。なあ、徐福よ」

「ええ」

洞窟の入り口から、高い声がする。ゆっくりと人の影が現れる。

「でも李将軍、少し、言葉、馴れ馴れしいよ」

小花が、苦笑いをしながら歩いてくる。

「徐福か」

法広が言うと、小花は微笑みを返す。

「身体《からだ》は、別物だな」

小花は頷いた。そして口を開く。

「不老不死とはいえ、物質である肉体は滅びる。肉体は乗り物でしかないわ。私、という意識が続いていれば、それが不死なの。普段は小花。本当の姿は、この私」

「それをここ。倭の地で得た」

「まあ、そういうことね。語れば長い話になるわ」

「その術をどうするつもりだ」

「どうするつもり。良く知っているでしょう。何のために私が来たか。誰の命でここまで来たか」

「秦王政か」

「そう。だから、私は秦王様にこれを持ち帰るわ」

馬鹿な、法広は思う。

「秦王政、始皇帝はとうに死んだ。徐福の不老不死は間に合わなかった」

小花は頸を振った。

「とんでもない。間違いよ、それは。間に合うわ」

小花の言葉に、いやな予感がした。

「秦王様は、甦る。また秦の国が始まるわ」

秦王に術を使い甦らせる。しかし、秦の国が、また始まるとは。

「見たでしょう。千の兵。咸陽の秦王様の陵墓には、万の土の兵が眠っている。辺境の小さな島のここでは、そもそも『気』が乏しい。だけど、中華の地なら、『気』に不自由はしないわ。泰山をはじめとした神仙の山々が連なり、大きな『気』がうねっている。その『気』を起こして集めることは、私にはたやすいわ。それは法広、方士のおまえが一番良く知っているでしょう。そして、地下の万の土の兵が甦る。不死身の死の軍団が。秦王様が率いる死の軍団。李将軍が大将軍。かなたの、隋王の軍など捻り潰す。もう一度、秦の旗が国中に翻り、中華全土を統一する。それが、私に課せられた命」

秦の再びの中華統一。法広は、驚いて声も出ない。

「どう、法広。おまえは武術だけじゃない。なかなかの学識もある。武官でも文官でも、秦王様に推挙してもいいわ」

笑っている。

どうかしている、法広は思った。そして、このままなら、本当に始めるだろう。その恐怖もある。始皇帝の陵墓は、未だ謎のままだ。もし見つければ、巨万の富があると言われている。埋蔵された金銀財宝の数々。それに加えて、万の数の土人形が眠っていても不思議ではない。現に、この小花、いや、徐福たちが、この地で土人形を作り、そして甦らせた。

「また、秦の政王様にお目にかかれる。こんなにうれしく、名誉なことはないわ」

「何故、八百年も後に」

法広が尋ねると
「方士ならわかるでしょう。私の力ではまだ足りない。この地で『気』の流れを集めるのは簡単ではないの。火の山の地の怒りを、『気』に換えるしかない。山が火を噴くまでに、八百年待たされた。この機は逃さない。次は、また千年、待つことになるわ」

この娘が徐福。見た目は若い娘だが、八百歳の方士。躊躇いは無用。ここで術を阻む。法広は、小花が言葉を終える前に跳んだ。李将軍の上を越えて、渾身の蹴りを繰り出した。

そのまま、地面に叩きつけられる。『気』に押し潰された。

「法広、私を誰だと思っているの。徐福よ。考え違いしないこと」

笑っている。

「おまえが捜しに来ていることを知って、『気』を覆い隠したわ。『気』は知ってるでしょ。発することより隠す方が大変。いろいろと苦労もするわ」

法広は立ち上がる。

「もうすぐ、火の山が再び噴く。大きな火よ。その火が『気』に換わり、千の死の軍団も自由に動けるようになる」

「徐福、あなたが火を噴かせる」

小花は頸を振る。

「とんでもない。人は、地の力にはかなわない。私は、ただ、少し手伝うだけ。火の山の神の怒りを損ねないよう、すこうしだけね」

笑う。

「あの元気な倭のおじいさんは、解放してあげる。いつまでも、土の兵と遊んでいてもしょうがない。お転婆な娘もね」

まだ、あの二人は無事とみえる。兵が引けば、一息つけるだろう。死なない兵と戦っても、いずれは力尽きる。

法広は、小花の隙を突こうとするが、一瞬、隙が生じても、すぐにその隙は閉じてしまう。わざと隙を見せて、法広をからかっているようだ。

無理だ。法広も構えるのを諦める。

「そう。それが利口よ」

小花はそう言うと、また洞窟の入り口に向かって歩く。

「将軍、法広を放してやりなさい。そして、法広」

こちらを向いた。

「よく考えることね。私じゃない。秦に仕えるかどうか、よ。待ってるわ」

そう言うと、洞窟の入り口をくぐって行く。

急に取り囲んだ兵が引いた。老剣と蝶英は剣を構えたままだ。倒れた兵も起き上がると、再び構えることはなく、そのまま引いていく。

「法広様が兵を封じた」

蝶英が言うと、老剣も頷く。剣を鞘に収めた。兵たちは、仲間の兵の列に戻っていく。人と同じように動く兵と、石のように固まって動かない兵がいる。どのような区別でそうなっているのか、老剣も蝶英もわからない。そもそも土人形の兵が、生きているように動くところから、わからないのだ。

村の外れから、法広が歩いてくる。二人に手を振っている。

「あの老信は」

老剣が訊くと

「ああ、準備をしている」

「何の準備だ」

「また、山が火を噴く」

蝶英も、山を見上げる。一段と黒い煙が大きくなっているようだ。不死身の兵と斬り合いをしているときは気付かなかったが、地も大きく揺れているようだ。

「次に噴く大きな火で、今は動かない兵にも『気』が入って動くようになる。千の兵、全てだ」

全ての兵か。老剣はつぶやいた。今まで、動かないことが不思議だったが。全ての兵が動き始める。考えるだけでも恐ろしいことだ。剣技も優れている。それに死なない。どう戦う。

「手はある」

法広が言う。老剣が見つめている。

「次の火を噴くとき。そこを襲う。あの老信。秦の李将軍だ。そして李将軍が守る、この術の使い手の徐福」

「徐福。生きている。見つけたのか」

驚いた老剣の言葉に、頷いた。

「徐福も李将軍も、八百年も生きていた」

老剣が訊き返すと

「身体は入れ替わっている。八百年の間に何度もだろう。ただ、意識は続いている。そのまま生き続けていた。それが、不老不死の術でもある」

そう言うと、法広は蝶英を見た。

「小花が、徐福だ」

蝶英は驚いて声も出ない。まさか、あの小花さんが。

「かわいそうだが。小花を。いや、徐福を倒す。徐福の術を止める。力を貸してくれ。隋のためだけではない。この倭の国のためでもある」

法広が言い切る。老剣は溜め息をついて、そして頷いた。蝶英は目を伏せた。そして、法広を見つめる。はい、と返事をした。

命をかけて、そう付け加えた。

八

前野の館には、檄を受けた周辺の県や領主の兵が集まりつつある。火の山の兵は千と聞いている。英子は前野主に、更なる兵の召集を促すが、渋い顔をする。前野の兵を合わせると千を超える。たかだか千の、山の蝦夷の兵。充分、蹴散らせると、高をくくっている。百の兵で千の蝦夷と戦って敗れた英子が、怖気づいていると思っていた。生き残った兵が言う、蝦夷の兵の恐ろしさについても、負けた兵の言い訳と聞き流している。

英子は、斬られても、再び立ち上がる兵をこの目で見ている。たとえ、数が千であっても、倒しても死なない魔物の兵だ。戦うことを畏れてしまう。現に、逃げ戻った兵は、すっかり戦意を無くしている。そして、あの千の兵が飛鳥の都に向かうとしたら、恐ろしいことになるだろう。都に何万の軍がいようと、敵が死ななければ、万の兵もいずれは尽きてしまう。

しかも呪われた魔物の兵となれば、どんな兵も、戦う前に逃げ出すだろう。大王の権威も仏の加護も通じない。

ここで、何千もの兵を集めたとしても、あの死の軍団を止められない。呪われた術に操られている。今は、法広を追って再び村へ向かった、老剣たちを待つ。それでも、兵は集めるだけ集めておく。どんなに前野主が不満を持とうと、できることはそれしかない。いずれ、あの軍団が押し寄せてくれば、自分たちの首が、かかるのだ。

法広は、焼け残った土楼の前に立っている。

ほとんどの村人は高台に避難したが、中には、まだ荷物を取りに戻った僅かな村人がいる。地の揺れる間が、短くなっている。そして、強さも次第に大きくなる。次の大きな火の噴き出しが近づいているのは、間違いない。一旦火が噴けば、この村人たちはどうなるか。徐福たちは助けるとは言うものの、進んで行う意思は無い。火の中で、命を落とす者も多いだろう。

徐福と死の軍団は、中華に帰還して、秦を再興するという。そして、隋と天下を争う。それは、あってはならないことだ。隋の治世は、続かねばならない。また、戦乱の世に逆戻りする。何万、何十万の民が死ぬことになるのだ。何としてもこの地で、倭の地で、くい止める。徐福には、何を言おうと無駄だろう。何しろ、八百年、この時を待っていたのだ。

蝶英が、法広の脇にいる。

「法広様、本当にまだ山は火を噴くの」

そう、尋ねた。ああ、と返事をすると

「大変だわ。みんな急がせるわ」

そう言うと、土楼の中に入る。まだ荷物をまとめている村人に、山を指さし、急げ、と、身振り手振りをする。荷物ができた者には、皆に続いて高台に逃げろ、そう指さしている。言葉はできないが、何とか通じているようだ。

法広は山の様子をうかがっている。そして、再び洞窟に足を向けた。

村からの小道は、びっしりと動かない兵で埋まっている。法広は兵を避けながら、道を下り、洞窟の手前の林に出た。その様子をうかがうと、李将軍は洞窟の入り口にいる。周りには、動く兵が二十ほどいる。村で斬り合った兵とはまた違う。辺りを見張るようにしながら、守っている。法広も見つからないように身を縮めて、『気』を消している。手には、兵から奪った槍を握っている。小花、すなわち徐福の姿はない。洞窟で、山からの『気』を受けているのだろう。

老剣も傍らに来て、屈んだ。

「どうする」

法広は、顎で兵らをさした。

「今、飛び出して行ったところで、徐福まではたどり着けない。動かないとした土の兵も、必要なら動かすことはできる。われわれが彼らとやり合っている間に、姿を隠してしまう」

老剣も頷いた。法広は言葉を続ける。

「もし、徐福が動けないとすれば、山が火を噴いたときだ。徐福が言っていた。噴き出した火を、『気』に換えてあの兵たちに注ぎ込む。そのときは、渾身の力で術を使うはずだ。こちらに向ける『気』の余力は無い。その時を狙う」

「動いたら、火の山に集中できない、そういうわけか」

そうだ、法広は頷く。

「ただ、徐福もそれは承知だろう。だから、彼らが守る」

老剣が、洞窟の前の兵を指さす。

「それなりの手練だろう」

「それも八百年前の秦軍のな」

法広が笑う。

「火の山待ちか」

「ああ。あの様子だと間もなくだ」

山の黒煙が更に大きくなって、空を覆っている。

「足元も緩いな」

老剣が下を見る。地が揺れ続けている。

法広は、槍の柄を地に刺した。屈んでいた身体を座り直す。両手で印を結んで、目を閉じた。『気』を周囲に張り巡らしている。老剣も、近くで腰を下ろす。剣を鞘ごと抜いた。木によりかかるようにして座り、脇に置くと目を閉じた。村の喧騒が微かに耳に入る。頸を振って、雑念を払った。

蝶英は、土楼に残った長老の周に、まだいる村人を丘に上げるように、身振り手振りで示している。次に火の山が噴けば、残った土楼にも火が及ぶだろう。村人を火の川の届かない、高いところに居させることが大事なのだ。

周は、蝶英の言うことを素直に聞こうとはしない。倭の兵が、秦の土人形の兵と斬り合っていたのをこの目で見ていた。倭人は敵なのだ。蝶英も、言葉が通じないので、説得のしようもない。遂には剣を鞘ごと抜いて、脅すことさえする。かえって、周は反発したのだろう。言うことを聞かない。斬られることはないと、高をくくっている。むしろ、村人を土楼の中に留めようとする。蝶英はくやしいが、どうすることもできない。

また、地の揺れが大きくなった。火の山を見上げると、黒い雲の中に、赤い火柱が見える。まだ細い火柱だが、更に大きな炎となって噴き出すかもしれない。老剣と法広は、老信を追って洞窟に行っていた。

「火の川が来る前に、みんなを丘に上げて。必ず」

蝶英は、周にそう大声で言いながら、身振り手振りする。そして村外れの洞窟へ向かって駆け出す。周は頸をすくめた。

老剣はゆっくりと目を開ける。木々の間から、火の山を見上げた。赤く輝くような火柱が一本、黒い煙の中に見える。剣を持って立ち上がる。法広を見下ろすと、まだ印を切って目を閉じたまま、座っている。

まだか、老剣はそうつぶやくと、林の端に出る。洞窟をうかがう。洞窟の前に、老信の李将軍。その周りを兵が囲んでいる。陣立ては変わらない。李将軍も盛んに火の山を気にしているようだ。しばらく、そのまま火の山とのにらみ合いが、続いた。

印を切っていた法広が、目を開ける。立ち上がった。

「そろそろか」

老剣が、並んだ法広に言うと、頷いた。

「法広殿。あなたは、徐福を」

「ああ。できれば」

そう言うと、法広は足元の槍を地面から引き抜いた。

地が大きく揺れた。そして、火の山の火口から、火柱が突き上がった。最初の火柱よりも太く長い火柱が、空へ上っていく。先がいくつもに分かれて、空全体に広がった。同時に、耳をつんざくような大轟音がする。一瞬で、再び空が黒い雲に覆われる。

ぐらぐらと地が揺れてきた。その中を法広と老剣は、林から飛び出した。李将軍は、山の火柱を見上げている。その周りの兵らは、老剣たちを予想している。二人が斬り込んでくるのを待ち構えていた。すぐに、二人に向かって陣を組む。

老剣が頭の上で大きく剣を振り回して、陣に正面から割って入る。陣が崩れたところに、法広が棒術の槍を繰り出した。兵二人を槍先で引っ掛けると、そのまま宙に弾き飛ばす。老剣が二人、三人と斬り結んでいる。相手の胸に剣を突き刺す。返す剣で、また、突っ込んできた兵を斬り下げる。

李将軍の前に、兵が二人立ちふさがる。法広に向かって剣を構える。

その頭の上から、人が降ってくる。蝶英が逆さに落ちながら、左右に剣を振るって、李将軍の前の兵に斬りつけた。着地すると、それぞれの胸に剣を突き刺す。李将軍が、洞窟の前に立ち塞がる。蝶英が剣を振り下ろすと、蛇矛で受ける。

「法広様、行って」

李将軍を引きつけて、洞窟の前から引き離す。法広は、洞窟の中に飛び込んだ。

老剣は兵たちを一手に引きつけている。胸を刺し、胴を斬れば、一旦は倒れる。しかし、すぐに起き上がってくる。致命傷に近ければ、それだけ立ち上がるのも遅くなる。どの兵もそこそこの手練なので、そう簡単には倒せないし、致命の一撃を与えても甦ってしまう。老剣は倒せないとなると、守りに徹して隙あらば刺す、そういう戦い方に移っている。

蝶英は、李将軍と一騎討ちとなっている。蛇矛を避けながら、一撃の機会を待つ。李将軍は土人形ではない。果たして不死身だろうか、倒してみないとわからない。李将軍と斬り合っていて、蝶英は、元の老信の姿を見出している。いかに秦の将軍といえども、村人として生きてきて肉体の日々の鍛練が足りないのだ。斬り合いが長引くにつれて、息が段々と上がってきている。毎日の鍛練を欠かさない、若い蝶英との差が現れ始めた。

それに気付いた護衛の兵が、更に前に出て蝶英の剣を遮る動きをする。何度か彼らを斬るが浅い一撃となり、倒すことができない。李将軍は後ろに下がっていく。それを阻むように蝶英は動くが、兵に邪魔をされる。

「李将軍、一騎討ちを」

蝶英が思わず声を出すと

「下がれ、倭人の小娘《こむすめ》といえど、容赦はせぬぞ」

李将軍は笑うと、蛇矛を突き出した。蝶英の結んだ髪が、何本か宙に舞う。蛇のような刃が掠めた額から、一筋血が流れ落ちる。李将軍は、蝶英が怯んだ隙に洞窟に飛び込んだ。

「待って、将軍」

すぐに兵二人が、その前を塞いだ。李将軍を追おうとする蝶英に斬りかかる。蝶英は剣を跳ねて、返す剣で斬りつける。一人は斬られて、一人は剣を避けて笑っている。

「娘。男勝りも、いい加減にせい」

土人形の兵が、口をきいた。次第に人のようになってくる。剣で、蝶英を払う。避けながら跳んだ。

「女も、とんだお転婆になったものだ」

剣を蝶英に突きつけた。

「ここは、通すわけにはいかん」

蝶英は、言葉はわからないものの、その意味は構えられた剣で明らかだ。洞窟の中に入った法広を、少しでも助けたい。力になれば、そう思う。蝶英は、兵の剣をさばいて懐に飛び込む。掌で、胸を突いた。当て身を受けた兵が後ろに倒れかかったところを、剣で斬る。そのまま、兵の胸板を踏み台のようにして蹴り、跳んで洞窟の中に入る。

薄暗い洞窟の中。洞窟の入り口の天井は、火の川で落ちかかっている。洞窟から更に下に向かって隧道《ずいどう》がある。蝶英はその中を通って下る。通路が熱くなっている。火の川が流れた余韻が残っている。低い天井から水が滴り落ちている。近くに山からの川と滝がある。火の川が流れ落ちて、白い水蒸気を噴き上げている。それが通路に入り込んで天井で水滴となっていた。

隧道を進むと出口が見える。仄《ほの》かな光が差している。蝶英は慎重に外に出た。大きな広場になっており、その先を滝が流れている。滝と広場の半分は、火の川が流れて冷えたのだろう。赤黒い岩の塊が、帯のように上から下へと繋がっている。まだ熱があり、白い水蒸気が雲のように立ち上っている。この広場の先に、まだ下へ続く通路が雲の隙間から見える。

蝶英は、斬り下げられる蛇矛をかわした。李将軍が待ち構えている。

「この先は、立ち入り無用」

蛇矛を回しながら、斬りつけてくる。

法広は、徐福に向かい合っている。岩の壁に囲まれた地下の小さな部屋だ。いくつかの灯明の明かりがある。徐福は大きく肘置きのある、どっしりとした椅子に座っている。小花の姿がか細いので、椅子の中にはまり込んでいるようだ。

「どう。この椅子は」

背や肘置きに刺繍もある椅子だが、随分と古びている。元々は派手な色だったのだろうが、長い間にすっかり色あせてしまっていた。

「古いでしょう。船に積んであった椅子。船で残っているのは、これぐらい」

肘置きを、懐かしそうに撫でている。

「あとは、何も残っていない。この椅子も、大事に扱ってきたけれど、すっかり古びてしまって。八百年も経てば、ね。もっとも、ここに運んだのは五年前。山崩れで、この石の部屋が見つかってから」

そう言うと笑顔になる。

「その時から、ここは私だけの場所。ここにいると、落ち着くわ。咸陽の頃を思い出す。都で秦王様に送られて。港を出て。倭の浜に着いて。みんな思い出よ」

懐かしい顔をする。しかし
「それも、今日で終わる」

そう言うと、きりっとした目つきで法広を見る。

「どう。一緒に帰る決心はついた」

法広は頸を振る。

「あなたの咸陽は、私の大興城であり、洛陽だ。わかるだろう。私は隋王に仕える身。あなたとは、倶に天を戴くことはない」

「そう。残念ね」

徐福は、溜め息をついた。

「でも、私たちが帰るのは変わらない」

「帰るのはいい。八百年振りの国だ。しかし、帰ってからだ。本気なのか」

法広の言葉に、徐福は笑顔になる。

「言った通りよ。私の術で秦王様が甦る。秦の軍も。そして、秦がもう一度、中華を統一する。秦王様も、さぞやお喜びになるでしょう。不老不死の力も得て」

心から、うれしそうだ。

「徐福。目を覚ませ。昔には、もう戻らない。倭でも、隋でもいい。この村の仲間と共に新しい世を生きればいい」

徐福は声を出して笑う。

「おまえも、私と同じ。時の王から不老不死の術を探すよう、命じられてここに来た。私は見つけた。その私を、おまえは見つけた。私の不老不死の術を、隋王とやらに届けるのが、おまえの使命だろう。隋王はそれを何に使う。永遠に生きて、自らの支配を続けるためだ。何処が違う。同じことよ」

法広は黙る。

「残念ね。不老不死の術は、私だけのもの」

法広の目は、この部屋の隅に注がれた。小さな土の山がある。何かが、法広の『気』を引きつける。呼ばれるように近づいた。屈んで、確かめる。石板がある。何か彫ってあるが、文字らしい。法広の知らない文字。粟特《そぐど》などの西域の文字だろう。石板の下に掘り返した跡が残っている。ただの穴ではない。そこから、微かに『気』を感じる。かつて人がいた。『気』を持つ人が。それも、特異な『気』。法広の感じたことの無い『気』。そして、そんな人のいた場所。

瞬時にそんなことを見て取って、徐福に振り向いた。

「墓だ」

徐福は、そんな法広を、おもしろそうに眺めている。

「誰の墓だ」

徐福は黙っている。徐福の気に入りの場所と墓。無関係のはずが無い。法広は、槍の柄の先で墓の中を探る。乾いた木の破片が埋まっている。棺の破片だ。そして、空だ。墓の中に、遺体は無い。

外で音がする。剣と剣がぶつかる高い音が響く。騒がしい。

入り口から、蝶英が飛び込んできた。李将軍が追ってくる。蛇矛を回している。

「将軍、控えなさい」

徐福が、入ってきた李将軍を一喝した。

「ここは聖なる場所。何人《なんぴと》たりとも、入ることは許されない。言ったはずよ」

李将軍は蛇矛を収めて、膝をついた。

「はっ。ご無礼を」

「下がりなさい」

「しかし」

徐福を一人にしておくのは心配なのだ。

「私は大丈夫」

李将軍は後ずさりする。

徐福は乱入してきた蝶英を見る。下がる李将軍を見て、剣を収めていた。蝶英は、大きな椅子に座っている、小花を見て驚いている。

「小花さん。あなた、本当に徐福。八百年前の」

蝶英の素直な言葉に、徐福も苦笑する。

「そう。私は徐福。でも、あなたを騙していたわけじゃない。私は小花でもあるの」

蝶英は徐福を見つめている。

「両親が死んで独りになったのも、朱さんが親代わりだったのも本当」

徐福は笑顔で言う。

本当に、この人を倒す、蝶英は、まだ迷っている。いざとなったら、自分にできるだろうか。

地が揺れている。大きな揺れだ。外では、大きな火柱がまた上がっているだろう。

徐福は、椅子から立ち上がった。

「法広、残念ね」

もう一度徐福はそう言うと、天井が崩れてきた。徐福の上に、大きく開いた穴から日の光が入ってくる。

「この聖なる場所も、今日で終わる。聖なる人も戻らない」

徐福はそう言うと、二人に笑いかける。そして徐福の姿は、天井の穴に吸い込まれるようにして空に消えた。更に大きく、天井が崩れてくる。

「蝶英、外に逃げろ」

法広が声をかける。蝶英は、あの墓穴のところにいる。やはり引きつけられている。

「法広様、ここ」

蝶英もその場所を動かない。

「ここ、あの吐火羅の人の匂い。吐火羅の人の気配がする」

法広は、驚いて蝶英を見る。その頭の上に天井が落ちてきた。

大きな火柱が上がり始めた。洞窟の前で、兵と剣を交わしていた老剣も山を見上げる。法広が言うところの『気』が膨れ上がるのを、老剣も感じている。法広と旅をして、殺気とは違う『気』の読み方が少しはわかるようになっていた。『気』がこちらに向かって流れて来るのを感じている。流れる先は、動かないままの土人形の兵の隊列だ。

老剣と対峙していた兵たちも、山の火を見て剣を収める。老剣から離れる。彼らの役割は終わった。地の揺れが激しくなった。山の火柱が更に大きくなって、空の上で四方に飛び散って広がっていく。そして、山の頂と中腹から火の川が、大きな流れとなって下る。いくつかの流れに分かれて、その一つが村とこの洞窟跡に再び向かってくる。

「老剣殿」

大きな呼び声で、振り向いた。岩場のずっと先に、法広が見える。老剣を見つけて声をかけている。蝶英の姿も見えた。何故、あんなところから、そう思いながらも老剣はそちらに走る。列を作っている兵たちは、まだ動く気配がない。今のうちに何とかしなくては、その一心で走る。法広たちは、火の川の跡の黒い岩場に向かっている。老剣の頭の上にも、灰や石礫が降ってくる。音を立てて、足元に落ちて転がる大きな岩もある。老剣は蝶英に追いついた。

「先生、法広様が小花さんを、徐福を、追ってます。ほら、あそこに」

蝶英が指さすと、その先に小花の姿が見える。山の火に向かって、岩の上に立っている。先に走っていた法広が、近づいた。

「やめろ、徐福」

法広が声を上げるが、徐福は、山に向かって両手を広げて立ち続けている。自らを通して、『気』を兵たちに流している。法広の言葉にも、動かない。

法広が、手にした槍を振り上げた。法広の足元が、盛り上がる。地の岩を割って、黒い塊が飛び出してきた。塊が見る間に人の形になっていく。鎧を着た兵の形になる。それも武将だろう、真っ赤な兜と鎧が輝いている。無造作に右手に青龍刀をぶら下げている。いきなり、刀を振るって法広に斬りかかる。

「先生。こちらも」

蝶英が老剣を見て叫んだ。

「岩から人が」

その蝶英と老剣の目の前にも、岩を割って、新たに黒い塊が二つ現れた。すぐに人の形になる。同じ、赤い兜と鎧の将だ。蝶英と老剣に、それぞれ襲いかかる。

蝶英は、大きな青龍刀を軽々と扱う将に、押されている。振り下ろされる刀をまともに受けると、剣が折れそうになる。大きな身体だが、隙がない。今までの土人形の兵とは格が違う。

法広は、青龍刀をかわして槍を突くが、相手もかわしてしまう。近づけない。何度か刀をかわして、懐に飛び込んだ。『気』を込めた掌底で、将の胸を突く。きれいに入った。将は、一歩下がっただけで、すぐに青龍刀を振り下ろしてくる。間一髪で避けて、跳んだ。拳法の掌底がきかない。文字通りの化け物だ。これを倒さないことには、徐福に近づけない。

老剣は、目の前の将が青龍刀で斬りつけてくるのを待つ。振り下ろしてきた刀を、身体を横にしてかわすと、剣を将の頸に突き刺した。剣を抜くと同時に後ろに蹴倒す。将は頸を押さえて、立ち上がろうとする。青龍刀を握る右手を剣で払う。刀が宙に跳んだ。立ち上がりかけた将の胸を下から上に斬り上げる。そのまま将は仰向けに倒れる。青龍刀を拾って遠くに投げると、徐福に向かう。将は起き上がってくる。武器が無ければ、すぐには危険は無い。

「御免」

徐福に近づいて、剣を振りかざした。徐福が掌を老剣に向ける。老剣は身体の正面に、大きな『気』を受けた。反射的に、吹き飛ばされないように踏ん張る。しかし、次の瞬間には、その場に崩れ落ちた。身動きがとれない。

法広は、将の胸と頸に二段の蹴りを入れて倒す。すぐに倒れた老剣の傍らに来る。抱き起こす。右手を上げて、掌を徐福に向ける。徐福の『気』の攻めを、自らの『気』で跳ね返す。徐福は、火の『気』を流している。攻めの『気』は弱い。

それでも、近づくことができない。法広は、自分と老剣を守ることで精一杯だ。見ると、蝶英も、将の青龍刀に苦しい斬り合いをしている。

徐福の『気』の流れの術も最高潮だろう。法広は、立ち上がって徐福に近づこうとするが、身体が動かない。周りの『気』に縛られているようだ。

徐福とこちらの力が拮抗しているのだ。二人の将も近づいてくる。青龍刀を振りかざした。

微かな高い悲鳴が聞こえる。蝶英が将にやられたか。

身体が急に楽になる。『気』の縛りが弱まっている。

法広は立ち上がった。

岩の上に立っていた徐福の右肩に、小刀が刺さっている。『気』の結界を破って小刀が投げられていた。法広が後ろを見ると、近づいてくる男がいる。痩せた男。身軽そうに、岩場を走り込んでくる。すぐに、法広と老剣の傍らをすり抜けて、徐福に剣で斬りかかった。

徐福も振り向いて、後ろに逃げる。その瞬間、『気』の結界が途切れて、呪縛が解ける。老剣が剣を構えて男を見た。驚いている。

「龍円士。どうして」

龍円士は剣を徐福の胸に突きつける。そのまま貫いた。そして剣を引き抜く。徐福はその場で、何歩か後ろに下がる。剣が突く瞬間、身体を捩《よ》じって急所を外している。土人形の兵たちとは違って、徐福である小花は生身なのだ。赤の鎧の将たちは、動きが止まる。その場で黒い岩に戻っていく。徐福の術が弱まったのだ。

「老師、ざまはないな」

立ち上がった老剣に、龍円士が声をかけた。

「とどめを刺す」

龍円士は、岩場で徐福を追う。しかし、すぐに振り向く。剣を振るう。飛んで来る矢を叩き落とした。二の矢、三の矢が後ろから飛んでくる。

黒く波打つ岩場を、騎馬が走る。李将軍が馬上から弓で次々に射っている。すぐに、騎馬が龍円士の脇を走り抜ける。龍円士が剣で斬りかかるが、李将軍は弓を捨てると、背の蛇矛を抜いて大きく振り抜く。剣を合わせた龍円士を、剣ごと弾き飛ばした。そのまま走って、胸を押さえて走る徐福を左手で抱えた。拾い上げて自分の前に乗せると、走り続ける。

「円士、追え」

老剣が叫ぶ前に、龍円士は駆け出している。馬を追っている。法広も追う。老剣も追おうとしたが、その場で膝をついた。兵たちとの長い斬り合いや、徐福の『気』を受けて疲れきっていた。もう、若いときのようにはいかない、老剣は顔を歪めた。蝶英が走ってくるのが見える。

「蝶英、大丈夫か」

声をかけた。蝶英の額から流れた血が、黒い筋で固まっている。

「大丈夫。かすっただけです。先生は」

「ああ、私は歳で、疲れただけだ」

蝶英が差し伸べた手を握る。立ち上がった。

「誰ですか、今の人」

二人で、徐福を追って走る。

「ああ、龍円士だ。私と同門の弟子だった。今は物部に仕える剣士だ」

走りながら、蝶英は頷く。

それで、知らない剣士なのだ。物部は、蘇我が滅ぼしたと聞いたことがある。それが、何故ここに。そして同じく、徐福を追っているのか。

わからん、老剣も頸を振る。

ここにいるのは、われらを追ってきたのだろう。円士なら、たやすいことだ。徐福の術は、円士と物部にとっても価値がある。しかし、徐福を討とうとした。

老剣には解せない。

今の老剣の足では、彼らには追いつけない。舌打ちをする。歳は取りたくないものだ。

「蝶英、私に構わず、先に行け」

老剣がそう声に出すと、蝶英は頷いた。老剣を気遣って並んで走っていたが、もう一歩早く足を踏み出す。李将軍を追っていく。火の川はこちらに向かって流れて来る。


李将軍は、馬で岩場の先に向かって走る。抱きかかえられている徐福も、龍円士の一撃から回復しつつある。生身だが、身体全体の血の流れと、『気』の巡りを統べることで、ある程度の傷は治すことができる。龍円士の剣は、肺の臓を貫いたが、逆に鮮やかな刺し傷が幸いした。体内の出血も止まって、傷口も治癒しかけている。右肩の小刀の傷も浅い。

「あの男。『気』を消して来た。もう一人、そんな男がいるとは。油断したわ」

徐福が、胸を押さえながらくやしそうに言うと

「何。大した奴ではない。次は捻り潰す」

「そんなことより、早く高台へ行って」

李将軍の馬は岩場を抜けて、山裾側の高台を目指している。火の川は山裾を回るようにして段々と迫ってくる。辺り一番の高所で馬を降りた。馬はその場で倒れ伏す。李将軍は屈んで倒れた馬の頸を叩いてねぎらう。馬は少し顔を上げて、将軍を見る。笑ったような目だ。頭を静かに地に置いて目を閉じた。

徐福は山に向かって立つ。その前には李将軍が立ち塞がり、下手《しもて》を睥睨《へいげい》する。李将軍の傍らの岩が盛り上がり、黒い塊が現れる。すぐに人の形となり赤い兜と鎧の将になった。李将軍が

「わし一人で充分だ。もう出すな」

そう、徐福に声をかける。

更なる赤い将は要らない。徐福の術は、山の火に専念させる。傷もあり、術で呼び出す岩の将は、それだけ徐福の負担になる。

龍円士が走って近づいてくる。李将軍は蛇矛を構えた。龍円士はそのまま、李将軍に走り寄る。李将軍の振るう蛇矛を跳ねながら、剣を振るう。李将軍も、返した蛇矛で受ける。そのまま蛇矛で、龍円士を跳ね飛ばすように振るう。李将軍の力が増している。何度か剣を合わせているうちに、昔の肉体と力が甦ってくる。若僧には負けん、ふつふつと闘志がみなぎってくるのがわかる。愉快だった。笑みをうかべながら、龍円士めがけて蛇矛を振るう。

遅れてきた法広も、槍を李将軍に繰り出した。背後から、赤い将が斬り込んでくる。

「おまえは、こっちだ」

赤の将が、兜の下で笑っている。振り向いた法広に、青龍刀で斬り込んで来る。

こんな将を相手にしてはいられない。徐福の術を封じなければ、そう焦りながらも、将の青龍刀をかわしている。槍を胸に突き刺しても、痛痒も感じないようだ。かえって怒りが載った刀が飛んでくる。法広は、将の刀をかわしながら、『気』を溜めていく。将が刀を空振りして、再び頭上に持ち上げる。その隙を狙って、『気』を込めた掌底を叩き込んだ。将の胸の鎧が割れ落ちた。しかし、将は笑って、青龍刀を振りかざしたままだ。法広に向かって斬り下ろす。跳んできた蝶英の繰り出す剣が、青龍刀を弾き返した。

「法広様、ここは私に」

蝶英の言葉に、法広は頷いて徐福に向かう。蝶英も、一瞬でも将を倒すつもりだ。致命の一撃を与えれば、少しの時間でも倒しておける。舞うように剣を振るって将と斬り合う。

龍円士と李将軍は斬り合いを続けている。軽い技の龍円士と、重い力の李将軍。剣を回して突く龍円士を、蛇矛で追う李将軍。どちらも、相手に致命の一撃が与えられない。龍円士の渾身の一撃も李将軍には読まれてしまう。

李将軍の蛇矛がうなりを上げて飛ぶ。龍円士は剣を合わすが、弾かれて身体ごと転がった。李将軍は、そのまま跳ぶようにして、法広の前に立ち塞がる。

火の川は、山裾から一度溢れ出て、黒い岩場に変わったこの地にも、また広がりつつある。熱風が吹き込んでくる。

「徐福の邪魔はさせん」

李将軍はそう言うと、徐福を背に、法広、そして追いついた老剣の二人に対峙する。後ろから、倒された龍円士も駆け戻る。

「円士。何故ここに」

剣を構えながら、老剣は傍らの龍円士に言う。

「ずっと、老師と、こいつらを見ていた」

老剣は頷く。

「こいつらは魔物だ。国を滅ぼす。やまとを根こそぎ滅ぼしてしまう。それでは困る。国を守るに、物部も蘇我もない」

「なるほど」

龍円士は、跳んで李将軍に斬りかかる。法広も龍円士の動きを見ながら、その逆を取るように、李将軍に槍を伸ばす。李将軍は龍円士の剣は蛇矛で、法広の槍は素早く腰から抜いた剣で、跳ね返す。右手に蛇矛、左手に剣を持って笑っている。法広と龍円士が、李将軍を引きつけている。

斬り合っていた蝶英の剣が、赤い将の青龍刀を弾くと、そのまま頸に突き刺さった。老剣は、李将軍が法広、龍円士と両手で斬り結んでいる隙をつく。すぐ先にいる、徐福に突き進んだ。徐福は火の流れの『気』に集中している。

剣を構えた。跳んで斬りつける。

そのとき、老剣の頭の中に、ちらりと小花の笑顔が浮かんだ。一瞬の迷い。振り向いた小花の、徐福の手から光が放たれる。小刀が老剣の左肩に刺さる。龍円士の投げた小刀を、投げ返していた。身体をかわして急所をはずした。老剣は剣を徐福に突き出したが、空を切った。

徐福は跳んでいる。李将軍を龍円士が引きつけている。剣をかいくぐった法広が、徐福に追いついて、槍を伸ばす。徐福はかわす。法広は、その小さい懐に飛び込んで、渾身の右の掌底を放つ。ちょうど、龍円士が突いた胸の傷跡だ。しかし、徐福は読んでいた。右手を伸ばして手を開いた。法広の掌底を宙で受ける。跳ね返されて大きな衝撃が法広を襲う。右手が震えて、その場で全身が岩場に叩きつけられた。

徐福も、ふらっと後ろに倒れかかる。『気』を切り換えて法広を飛ばしていた。それで一瞬、火の山の『気』の流れが止まってしまう。徐福は踏みとどまって、すぐに火に向かい合う。

蝶英は将を振り切っていた。

「小花、許して」

その声と同時に、跳んできた蝶英の繰り出した剣が、小花の、徐福の胸を貫いた。徐福は、『気』の一瞬の切り換えに当たって、防げなかった。刺した蝶英も、その場で呆然と立ち尽くした。

蝶英に気付いた李将軍も、龍円士の剣で、一瞬、遅れた。

「蝶英、躊躇うな」

老剣の声がした。李将軍が、徐福の元へ跳ぶ。蝶英が剣を引き抜いた。そして振りかぶる。李将軍が、立ち塞がった。蝶英のとどめの二の太刀を、右手の蛇矛で受ける。同時に、左手で剣を蝶英に繰り出した。剣は瞬時に真っ直ぐ伸びて、蝶英の心の臓を貫いていた。

「許せ、女子《おなご》」

李将軍は剣を引き抜く。蝶英が倒れるのを見る前に、徐福の身体を支えた。二度目の刺撃は徐福の残った力を奪っていく。『気』が消え去った。

火の川が、勢いを増して迫ってくる。蝶英に頸を突かれた赤い将も、その場で黒い岩に戻っていく。

李将軍は徐福を抱えると、更に上の岩場に跳んでいく。火の川が迫ってくる。老剣は、倒れた蝶英に駆け寄る。息をしていない。龍円士が屈み込んだ。

「老師、あんたは怪我をしている。この娘はおれに任せろ。岩場の先に馬がいる」

そう言うと、血まみれの蝶英を抱きかかえた。

「頼む」

そして、倒れた法広に駆け寄る。老剣の気配に身体を起こした。

「法広、火が来る」

「徐福は」

「術は解けた。急げ」

すぐそこまで火の川が迫っている。老剣は法広に手を貸して、立ち上がらせる。

法広は手にした槍を投げ棄てた。術が消えて、また元の木の棒に戻っていた。

熱風が来る。二人は、上の岩場に向かって走る。火との競争になる。呑まれてしまえば、瞬時に燃えて、灰となってしまう。蝶英を背負って走る龍円士の後を追っていく。

九

火の川は、山裾から再び村に向かって流れて来る。今度は村を覆いつくしている。

残った土楼も火に包まれて燃えている。

老剣は村外れの高台の小屋から見下ろしている。

村から洞窟と滝に続く道に並んでいた土人形の兵たちも、火の川に呑まれてしまっていた。元々火の中で生まれた兵たちが、再び火の中から立ち上がるのか、わからない。ただ、火の川は時と共に、冷えて、黒い波打つ岩に固まっていく。兵たちも岩に閉じ込められてしまうだろう。

あの、赤い兜と鎧の将も岩に戻ったまま、火の中に消えた。徐福を抱えた李将軍は岩場を越え、山裾に向かって跳んでいった。今は彼らの行方も消息もわからない。

老剣は小刀が刺さった左の肩を押さえながら、眼下の黒い岩の海を見つめていた。逃げ遅れて、火に呑まれてしまった村人もいる。

老剣は屈んで、蝶英の顔をそっと撫でた。血の跡はすっかり拭ってある。蝶英の全身を布で覆っていた。その布を何度もさすっている。里に戻って、埋葬することに決めていた。異国の人の棄てられる村に、独りで葬ることは忍びなかった。

蝶英一人も守れなかった。徐福に剣を振るうことを、一瞬、躊躇った。その、小花の姿のためだ。蝶英は、躊躇わなかった。そして、斬られた。

山から旅に連れてきたことを悔やんだ。そして剣を教えたことを悔やんだ。

己を責めていた。

龍円士は、いつの間にか消えていた。突然現れて、突然消える。円士らしいと思う。老剣は法広の顔を見上げる。

「法広殿、これからどうするつもりだ」

法広は考えている。

徐福が見つかったのは、思いもしない幸運だった。しかし、とても、不老不死の術を得られそうにはない。それどころか、徐福をこのままにしておくと、この倭の国をはじめ、隋にも禍が及ぶだろう。この地での死の軍団の復活は失敗したが、咸陽の始皇帝陵には万の死の軍団がいるという。徐福が身一つでも隋に戻り、始皇帝陵で術を使えば、死の軍団が地上に現れる。隋王も安穏《あんのん》としてはいられない。

今は、むしろ不老不死の術を、この地で封印することだ。裴世清にはどう伝えるか、それは、これから考える。

徐福を追う。それしかない。おめおめと、このまま飛鳥や隋に逃げ帰るわけにはいかない。

「腹は決まったようだな」

法広の顔つきを見て、老剣が言う。

「ああ。蝶英が、身を棄てて徐福を挫《くじ》かせた。無駄にはしない」

法広の言葉に老剣は口を閉じた。そして尋ねる。

「追う当ては、あるのか」

「ああ。少しばかり」

「そうか」

当てがあるならいい。蝶英の弔いの戦いも、できるというものだ、老剣も苦い笑みを浮かべる。

法広は思い返していた。

あの、徐福の椅子があった場所。あの石の部屋にあった墓。掘り返された空の棺。

そして、それを見た蝶英の言葉が耳に残っている。

吐火羅人の匂い。それに吐火羅人の気配。

この東国の地に、そうそう、吐火羅人はいない。蝶英が関わった吐火羅人は、前野の館の吐火羅人だけだ。あの吐火羅人が、徐福に関わっている。そして、あの徐福の石の部屋に出入りしていた。吐火羅人は何かを知っている。

「老剣殿。まずは、前野に戻ろう。蝶英のこともある」

法広の言葉に老剣も頷く。

「ここの村人は、前野の地に受け入れてもらえるよう、私から英子様にお願いします」

法広はそう言うと、無事だった長老の周に話しに行く。周は、すっかり気落ちしている。土楼も村も焼け落ちてしまい、住む場所もない。畑にも火が入り、岩場に変わってしまった。これから冬が来る。このままでは村人は生きていけない。頼みの徐福も李将軍も姿を消し去ったままだ。

女子供も連れて、前野の館まで歩くのは厳しい。法広は、ここで待つように周に言う。前野の館からの馬があった。老剣は蝶英を背負って馬に乗る。足元で、蝶英がかわいがっていた犬丸が小さく吠えた。

老剣と法広は二頭の馬で、前野の館に向かって走り続ける。

前野の館の手前には二重の柵ができている。二頭で帰って来た老剣らを、兵が迎える。千の兵に備えて時も経っている。兵も苛立っていた。火の山の火柱で、地は灰が敷かれたようになり、あちこちに黒い石が落ちている。法広たちが戻った知らせを受けて、英子が現れる。鎧を着てすっかり戦支度だ。灰だらけで、ところどころ血がにじんでいる二人を見て、英子も驚いている。黙って出立した法広に、一つ小言でもと思っていた英子は、顔をしかめた。

「どうした。その様子は」

老剣の衣服は血で黒く汚れている。物見どころか、一戦、交えてきたようだ。

「蝶英はどうした」

一人、いないことに気付いた英子は、辺りを見回す。老剣の目が見ている、その先に馬がいる。足元に、布に巻かれた大きな荷があった。

「やられたのか」

老剣は頷いた。

「そうか」

英子は一時、目を閉じた。

「明るい娘だったが」

そして溜め息をつく。

「で、どうした」

法広に尋ねた。

「徐福を逃しました。戦は無い。千の兵は消えた」

「消えた。そうか」

英子の顔は喜びに変わる。事情はわからないが、あの魔物の兵がいない。

「老剣、本当か」

老剣に、念のために声をかける。頷くのを見て
「前野主を呼べ。いい知らせだ」

傍らの兵に命じた。

法広が、村での事情を英子に報告する。火の山が再び火を噴いた後。徐福とその護衛との戦いで、蝶英が斬られ、徐福たちが山の火に紛れて逃げ去ったことを話す。そして、焼けた村には二、三百の村人が残されており、助けがいること。徐福がいなければ、彼らは今度こそ、ただの流民となることも。

「村から、村人を運びたい。女子供もいます。彼らの足では山道は無理。兵や馬が必要です。是非、前野主にお願いを」

法広の願いに、英子は渋い顔をする。あの村人を助ける義理など無い。散々、われらを振り回した。そんな英子の顔を見て

「これは、衆生《しゅじょう》を救う御仏の心でもあります」

法広は言う。英子は苦笑した。痛いところをついてくる。

「わかった。渡来人だ。役に立つ技もあるだろう。前野主に頼んでみよう。蘇我で引き取ってもよい」

英子の言葉に、法広は頭を下げた。

蘇我英子が、それぞれの領主の兵の長を集める。軍を解いて、おのおの、兵を自領に戻すように命じた。恩賞も無く帰ることに、それぞれの長は不満顔だ。死の軍団との戦が始まれば、生きて帰ることはなかったはずだ。そんな事情は、英子たちにしかわからない。前野主も、柵や砦作りで、かなりの負担になった。英子にも、堂々と恩賞の不満を口にする。

法広は、倭人同士のことは英子に任せている。前野の館の中で、あの吐火羅人を捜していた。

すぐにわかった。法広は遠目で見て探っている。吐火羅人は、負傷した兵の手当てと世話を続けているようだ。

法広は、館の女衆の一人をつかまえた。隋の僧ということは知られているので、警戒されるが、倭の言葉で話しかける。徐々に、答えてくれる。蝶英は、負傷した兵の世話をしていたので知られていた。女衆は、彼女が死んだということも知っている。法広に、悔やみの言葉を言う。

法広は吐火羅人について尋ねた。

吐火羅人は、やまとの言葉はわからない。三年ほど前、館に現れたらしい。何処から来たかも、名前もわからない。顔つきや姿から、やまとの人でも蝦夷でもない。館に来ていた商人が、都で渡来人を見たことがあった。しかし中華や韓の人とも違う。話に聞く、遠い西域の人らしいということで、吐火羅の人となった。名も、西の人というので西子《さいし》と呼ばれるようになる。

女衆は法広に、そう話した。

「どうやって、この地に現れた」

さあ、と女衆も頸を傾げた。

「いつの間にか、下働きの男衆の中で暮らしてた。最初は、蝦夷の者かと疑われたの。その手先かもしれないって。でも、違うらしいって。そのうち、人夫仕事や怪我の手当てもできるので、重宝されるようになったのよ」

「怪我の」

それで、負傷の兵の手当ても。

「その、吐火羅の。西子は普段は何を」

「畑仕事よ。館の修繕なんかの大工仕事がなければ」

吐火羅の西子は、あの村から来たのに間違いない。

「お坊さん。何か、あの西子に」

女衆は、興味津々な顔だ。

「いや、私も渡来人なので。話ができるかと。でも、吐火羅人じゃ。言葉が通じない」

法広は、そう、残念そうに笑った。


負傷した兵の病所は、館の中庭に屋根だけ架け、筵を敷いて作られている。女衆の話を聞いて、再び、法広は外に出た。病所の中に入っていく。火の山の礫を避けて、負傷兵は屋根の下に集められている。見回して、西子を捜す。高い背を折り曲げるようにして屈んでいる長い髪の男は、すぐに目についた。自分と同じぐらいの年格好だ。近づいていく。

男は横になっている怪我人に、器で水を飲ませている。

「どうだ。その兵は。良くなるか」

法広は声をかけた。西子は、振り向いて法広の目を見る。答えなくてもわかった。ここで横になっている兵で、助かる者は数少ないだろう。

西子は何か答えるが、法広にはわからない。中華の方言でも韓の言葉でもない。大興城や洛陽には、西域の商人も行き来している。ただ、法広は大興城にいた日々は短かったし、洛陽でも西域人とはあまり付き合いもなかった。法広は身振りで、中庭の病所を出るように言う。西子も、法広に従って裏庭に出た。辺りに人がいないのを確かめる。そして、倭の言葉でゆっくりと話した。

「あの火の山の村で」

村の方を指さした。

「何をしていた」

西子の目を見ている。

「村外れの墓で何を見た」

西子は頸を振る。そうか、法広も頷いた。

わからないか。飛鳥の渡来人も多いという。その中から西域人を捜すか。しかし、言葉がわかるかどうか。西域にも、いくつもの国がある。それぞれ言葉も違っていた。洞窟近くの墓のあった徐福の石部屋も、火の川に埋もれてしまっている。もう、そこへ連れ出してもわかるまい。この男が徐福の不老不死の術で、残った唯一の手がかりなのだ。そう思ったが、事情を知るのは難しそうだ。

法広が考えていると、西子は、もういいか、と仕種をする。仕種。言葉が通じなければ、他のこと。そうだ。法広は、裏庭に落ちている木の枝を拾った。明るい場所に二人で出る。枝の先で強く土の表面をこすって引くと線が残る。法広は、木の枝で地面に絵を描き始める。

初めに山が火を噴いている絵を描く。そしてその山の絵の下に、円い土楼の絵。そしてその横に、洞窟と中に椅子がある部屋を描く。どれも、つたない絵だ。洛陽で、子供が裏通りに描いているような落書きだ。それでも、描きながら、山を指さしたりして、西子の反応をうかがう。良く理解しているようだ。そして最後に、箱のような棺の絵を描いた。

法広は、西子を指さして、それから棺の絵を指さす。関わりについて、知りたい、ということがわかれば。西子は、じっと、地面に描かれた椅子と棺の絵を見ている。そして、おもむろに自分の胸を指さした。そして、地面の棺の絵を指さす。

法広は、頷いて

「ここを知ってるな」

そう声をかけると、言葉はわからずとも西子も頷く。そして、西子は木の枝を法広から受け取ると、棺の隣に人らしい絵を二つ、描いた。一つは自分を指さした。もう一人いる。それは、徐福だろうと法広は思う。あの場所で、二人は会っている。しかし、この西域の男と徐福が、どう繋がっているのか。それに棺と墓。

西域と火の山。法広は、西域に行き来する商人に聞いたことを思い出していた。

西域には、火を崇める教えがあるという。それにまつわる魔術のことも。この西域の男は、われわれの知らない魔術の使い手で、それを徐福にも伝えたのではないか。徐福は方士として不老不死を見つけたのではなく、西域の魔術をも使っているのではないか。

そう法広は思い当たった。火の力を借りるのも、火の魔術なら容易ではないか。法広は、西域の男、西子を見つめている。不老不死の術を知っているかもしれない。しかし、この男に、おまえは西域の魔術の術者か、と問うたところでわかるまい。言葉が通じないもどかしさだ。地面の絵だけでは、複雑なやり取りは、とても無理だ。

法広殿、館の従人が法広に声をかけに来た。英子が呼んでいるという。法広は、西子の肩を叩いた。また来る、そういう気持ちを伝えたつもりだ。従人に続いて、裏庭を出た。

母屋の一室に英子と老剣が座っている。

「今夜、蝶英を弔いたい。英子様の願いだ。私の願いでもある。仏僧のあなたが、仏式で送り出してほしい」

法広は頷いた。

「これから、どうするつもりだ、法広。まだ徐福を追うか」

英子が、あらたまって尋ねた。ここまでは英子たち蘇我大臣の力、ひいては大王と厩戸皇子の力があった。この先、追うとなると北の蝦夷に入る。そこでは大王の権威も及ばない。もう、飛鳥の兵もいない。

「蝦夷の奥には、英子様は入れない」

老剣が、法広を見ながら言う。

「法広殿。この先、進むつもりなら、私がお伴しよう。英子様は、飛鳥に帰っていただく。厩戸皇子様と裴世清殿に報告をお願いする。裴世清殿の帰国の日も近いと聞く」

そう言葉を続けた。法広を見つめている。本来、老剣の務めは英子の護衛である。法広の受けた命とは筋が違う。しかし、徐福の術を見逃すことは、この、やまとの国にも禍をもたらす。ここで逃がすわけにはいかない、老剣はそう思っていた。

法広は、その老剣の言葉を聞いて、きっぱりと言う。

「結構。承知しました。老剣殿も、英子様をお守りして都にお帰り下さい。私は徐福を追うことを続けます」

徐福の件は、そもそも隋の、中華の問題であり、自分の命である。

「私はな。法広殿」

老剣は静かに諭すように、口を開いた。

「あなたが行こうと行くまいと、地の果てまで徐福を追う」

なるほど、蝶英の仇《あだ》を討つ。その決意か。老剣の言葉に法広も頷いた。

「英子様。それでよろしいか」

老剣が言うと、英子も頷く。

「老剣。徐福との決着をつけてくれ。この国にかかる禍を防いでくれ。そして法広」

法広に向いた。

「中途のところで心苦しいが。おれにもいろいろと差し障りもある。許してくれ」

英子は法広に頭を下げる。いえ、と法広も頭を下げて
「ここまでのこと、感謝申し上げます。裴世清様には、私が書をしたためましょう」

そう言った。

館の母屋からは離れた建物。忌みのときに使う、中庭でも最も端にある建物の部屋。法広は、経典を唱えている。灯明が灯された部屋の奥には、蝶英が横たわり、永遠《とわ》の眠りについていた。初めて娘らしい衣装を着せられている。

法広の後ろには英子と老剣が座っている。老剣は目を閉じていた。英子はそんな老剣を、ちらりと見た。

韓の国から帰り、軍から身を引き、都からも去った。それから、ずっと二人で暮らしていたと聞く。弟子としても鍛えてきた娘だ。こんな辺境の地で亡くしてしまう。しかも、相手と刺し違えるように。いかばかりか無念なことだろう。

老剣はそんな心持ちは微塵も見せずに、目を閉じて、ただ法広の読経を聞いている。

深夜、老剣が弔いの部屋で座っている。法広の読経は続いていた。日が昇れば蝶英を埋葬する。今夜が最後の夜になる。

気配がする。あの、吐火羅人の男が入って来る。読経する法広の脇をすり抜けて、そのまま蝶英の傍らに佇む。屈んで、手を伸ばして蝶英の額と頬を撫でている。

それから老剣に並んで座った。

老剣はそのまま座り続ける。法広も動じない。男の弔いの気配は伝わっている。無茶はしない。男の国の弔いの仕草だろう。法広の読経は続いている。

時間が過ぎていた。

ふと、気配が入り込んだ。『気』の動きがある。忘れられない『気』。老剣は、ふくれあがる怒りを封じ込んだ。怒りは武術の障りとなる。脇に置いてある剣に手を伸ばす。

老剣は、ゆっくりと目を開ける。脇に座る吐火羅人を見た。もちろん、男は何も感じてはいない。巻き込んでしまうか。考えを振り払う。

迷いは禁物。二度と過ちはおかさない。

『気』の圧力が、部屋に突き刺さった。

老剣は剣を取る。李将軍が剣を抜いて飛び込んできた。部屋の中で、剣を振るった。老剣はかいくぐる。吐火羅人を見る。動じないで、座ったままだ。この男、何者。そう思ったが、李将軍の剣を受け、斬り返した。

法広は、そのまま読経を続けていた。老剣に任せている、そんな態度だ。老剣の斬り合いは続いている。法広は、部屋の中の吐火羅人、西子の気配を感じている。自分の周りで斬り合っているが、まるで頓着していない。眠るように、法広の読経に聞き入っている。

やがて、老剣と李将軍は斬り合ったまま戸を破り、中庭に転げ出た。老剣は左肩の傷がある。両手で剣を振るうとき、わずかに左腕の力が足りずに、そこを李将軍に攻められている。

法広もそこで初めて読経をやめる。立ち上がり、二人を追って中庭に出る。振り返ると、西子はそのまま動かない。蝶英の傍らに座っている。

法広は、李将軍の隙をついて拳を突いたとき、更に大きな『気』を背後に感じた。徐福の姿が、忽然と忌みの部屋に現れた。法広が飛び出すのを待っていたようだ。徐福には別の狙いがある。倭人や法広を倒すことではない。

徐福は、座っている西子の傍らに立っている。西子を見下ろす。声をかけた。

「もう一度、あなたの力を貸してほしい」

徐福の言葉に、西子は黙している。座ったままだ。

「あなたは、一度、私の願いを叶えてくれた。八百年の間に減り続けた私の命。山崩れのあとに現れた玄室で。私が棺の中のあなたを見つけた。そして目覚めさせた。その引き替えとして、あなたは消えかける私の命を大きくしてくれた。お願い。もう一度、私を助けてほしい。私は力を、命を使いすぎた。戦いと手傷が、力と命を大方《おおかた》失わせた。このままでは術を失う。一緒に来て。私に再び力を、命を与えてほしい。甦らせてほしい」

徐福はそう話しかけながら、西子の肩に触れた。そして、すぐに手を離す。徐福の『気』や術は、吸い込まれるように消えてしまう。触れた手も、冷たくなっている。そう感じた。

この人に、『気』や術は通じない。かといって、こちらに向かってくるでもない。ただ、受け流している。

変わらない不思議な人。あの場所で初めて会ってから、変わっていない。特別な

『気』を感じて見つけた場所。それまでに知らない、異邦の『気』。私の呼びかけに、目を開いた。

気付いたときには消えていた。あれからどうしていたか。いつの間にか、こんなにも近くにいた。この人が微かに使う力の気配を頼りに、ここにたどり着いた。気付かなかった。捜さなかったこともある。この人は、私の使命の妨げになるかもしれなかったからだ。力や欲とは無縁な人と、わかっていた。

徐福は、西子を見つめている。

法広が部屋に戻ってくる。

「何者だ。その男」

徐福は、西子に話しかけるだけだ。『気』の力は使っていない。

「知らない。でも、この人も王」

徐福は西子を見つめたままだ。

「王」

「そう。ずっと、ずっと西の。西域の遙か西方の民の王。そして聖なる人」

徐福は、法広には目も向けないで話す。

「この人を連れていく」

徐福がここに現れたのも、そのためなのだ。この西子が、そんなに大事か。やはり、西方の術者か。そして徐福の術の源なのか。法広は、わからない。

母屋が、騒がしい。法広も、焦げるような臭いを嗅ぎ取っている。

「徐福、おまえの仕業か」

徐福は頸を振る。

「いえ。倭人同士の争いよ」

笑みをうかべた。

「集まった兵。あの男たちに、いろいろと知恵を、ささやいただけ。単純な男たち」

部屋の中に李将軍が戻ってくる。

老剣は左肩を庇いながら、李将軍の剣を受けている。両手の剣の一撃も、傷のせいで威力は弱い。それでも、李将軍の一瞬の隙を見て、剣を繰り出す。李将軍も剣で払うのが精一杯だ。斬り合いは互角に続いている。

母屋の方で、声がする。鬨《とき》の声のようだ。同時に、明るくなる。老剣は跳んで、李将軍と離れた。母屋を見ると、火矢が放たれている。門が破られて、外の柵にいた兵が雪崩込んできた。火の山からの守りに集めた兵が、館を襲っているのだ。

母屋は炎に包まれている。

英子がいる。英子様を守る。

老剣は、一瞬、李将軍に目をやるが、すぐに母屋に駆け出した。

李将軍は、うまくいった、徐福のささやきが効いた、そう思って笑う。不満を持っていた長や兵らに、徐福の『気』のささやきは極めて有効で簡単だった。邪魔な倭人は、思い通りに誘い出された。李将軍は母屋の炎を眺めている。剣を収めると、ゆっくりと、徐福の元に戻っていく。

英子は、蝶英を老剣と共に見送り、その後、前野主と酒を酌み交わしている。何とも苦い酒になっている。それでも、英子は杯を重ねていた。それに比べて、戦が避けられ領地も安泰となった前野主は上機嫌だ。集めた兵のうち、いくつかの隊を引き入れることができれば、更に前野の軍は大きくなり、この地で幅を利かせることができる。最初は、英子の話は、とんでもない禍だと思ったが、今となっては幸いだった。

前野主は女衆に、英子の杯に酒を勧めさせている。

「英子様、いつ飛鳥に」

「一両日中に」

「そうですか。是非、蘇我大臣様には、よしなに。お願いします」

そう笑って杯を口にした。

その時、外で大きな声がした。前野主は、何事だ、そう思っているうちにも、外の騒ぎが大きくなる。女衆を促して、様子を見に行かせる。騒ぎが続いている。扉が乱暴に開けられた。従人の烏丸が飛び込んでくる。

「殿、兵が暴れて」

前野主は杯を置く。何事か。

「火を、かけて」

英子も開け放れた扉から、焦げた臭いを嗅いだ。外は、歓声がしている。傍らに置いた剣を手に取った。

「何処の兵だ」

烏丸に尋ねると、外の兵、そう大声で答え、広間からすぐに出て行く。この館はもう持たない、烏丸はそう見立てると逃げる算段を始めていた。入れ替わるように、鎧をつけた前野主の兵の長が駆け込んできた。

「殿、諸方より集めた兵が謀叛です。この館にも、火矢をかけています」

息を整えながら言う。えっ、と前野主も立ち上がる。

「馬鹿な」

部屋の中にも煙が入ってくる。火の山の焼ける石にも耐えたこの母屋が、燃え始めていた。

「味方の兵は」

「多勢に無勢で。門は破られました」

周辺の領主とは争いもあったが、この度の英子の檄で何とかまとまっていた。それが急に恩賞もなく撤収となり、不満が表に出た。

前野の領地をそれぞれで分ければ、それが恩賞となる。館に溜め込んだ財や米も、思うがまま。ここまで来て、手ぶらで里に帰るわけにはいかない。東国は、都の勝手にはさせない。そんな言葉が飛び交っていた。

英子はいち早く広間を出る。捕らわれれば、まずいことになる。狙われているはずだ。煙の中を母屋の出口を探す。館の従人や女衆、それに兵らが煙の中を右往左往している。英子は中庭に飛び出した。

残った前野の兵はせいぜい三百。謀叛した兵は倍近い。前野の兵は、散り散りに逃げ去っていく。母屋は燃えているし、他の建物も次々と火がつけられている。英子の姿を見つけると、兵が取り囲んだ。

「都の大将だ。殺すな。捕らえろ」

兵の長の命で、じわじわと兵が近づいてくる。英子も剣を抜いて構えている。急に囲みが破られる。老剣が駆け込んでくる。

「ご無事で」

英子が頷くと、老剣は英子を背にして、囲む兵を見渡しながら言う。

「近づくと斬る。命が惜しくない者は、相手をしよう」

躊躇う兵の中で、二人、老剣に飛びかかる。すぐに老剣の剣がそれぞれに伸びる。二人とも、右肩を押さえて倒れ込んだ。囲む輪が大きく広がった。

「どうだ。次は誰だ」

「やめておけ。この男は都でも知られた剣士だ。乱暴者だ。次は本当に命を取るぞ」

英子が、兵たちに言う。地面が揺れて、山が再び火を噴いた。二度の火より更に大きな火。英子と老剣も、山を見る。ここからでも見えた。夜の闇を裂いて火柱が、凄まじい勢いで上がっている。

館の燃える炎と遠くに見える山の火柱で、辺りが昼のように明るくなる。兵たちも驚いて、館を逃げ出していく。地の揺れが大きくなっていく。

英子様、急いで、老剣は、すぐに厩に走った。母屋から離れた厩は、火を免れている。館の火事と兵同士の戦い、それに火の山と続く騒ぎで馬も興奮して騒いでいる。館の従人の馬だ。老剣は、二頭に馬具を整え、手綱を一つ、英子に渡した。

「英子様、先に。私は後で」

「おまえはどうする」

英子の言葉に笑うと、また中庭に駆けていく。

蝶英を、置いて行けはしない。離れの忌みの建物に急ぐ。屋根が燃え始めている。頭の上から小石が降り続いている。更に大きな石が降ってくる。老剣は身をかわした。そのとき、建物の陰から剣が伸びる。老剣の左脇。傷を負った側に剣が吸い込まれた。痛みを庇って死角になっている。右胸から剣先が出る。胸を貫いていた。

龍円士が剣を引き抜いた。

「老師。すまないな。あんたと正々堂々と勝負して、必ず勝てる自信は無い。おれは必ず勝つことを命じられている」

老剣は、よろけながら忌みの建物に入る。

火の山が、大きな火を噴き出した。遠いはずなのに、大きな音が響いてくる。しばらくすると、屋根を突き破って、石が落ちてくる。徐福は笑っている。

「火の山の最後の火。また千年は眠りにつくわ」

徐福は、座っている西方の男を見つめている。

「お願い。一緒に来て。来て下さい」

法広は、部屋の中で、李将軍と向かい合っている。互いに構えて動かない。法広は、剣をくぐっての一撃を狙っている。次の掌底の一撃で、右手は使えなくなるだろう。最後の一打だ。互いに間合いを計っている。火の山の大音響が響いた。二人が交錯する。法広は剣を避けて、掌底を出した。李将軍の剣は法広の額をかすめた。

李将軍は跳ばされて、壁に叩きつけられる。法広は右腕を押さえて転がった。

「私と共に、海を渡りましょう。あなたの寺院も建てましょう」

徐福は、西方の王、西子の説得を続けている。相変わらずだ。聞こえているのか、いないのか。動きもせずに目を閉じて座ったままだ。

物音がして、老剣が部屋に、倒れ込むようにして入ってくる。法広は片膝をついて老剣を見ているが、身体が動かない。老剣は這うようにして、蝶英の元に行く。

西子は動かない。徐福は見つめている。そして、大きく溜め息をついた。

「わかったわ。お別れね。永遠に」

徐福が、そうつぶやいた。

老剣は、座る西子の脇を這って、蝶英に右手を伸ばした。蝶英の頬に触れる。

「蝶英、わが娘よ」

そして、西子に顔を向けた。

「娘を」

西子は目を開けた。老剣を見る。

西子の脳裏に一瞬、光景が浮かんだ。遙か昔、湖のほとりで、娘の命を祈る男の姿が。

立ち上がる。更に蝶英に近づいて、すぐ脇に屈んだ。

蝶英の手を取って、異国の言葉で何かつぶやく。

蝶英が、ゆっくりと、目を開いた。

「蝶英」

老剣の、最期の言葉だった。

燃える屋根が崩れ落ちてくる。

火の山に大きな火柱が続いて上がった。

十

遠くから見ても、前野の館だけが、まだ燃えている。夜が明けても、山の火柱は上がっていた。英子は馬を止めて、炎の先を見つめている。あの火柱では山裾の村人は助からないだろう。前野の兵も従人も四散した。前野主の消息もわからない。

英子と法広、それに蝶英が、火と兵から逃れることができた。

「行こう」

英子は、馬の腹を蹴る。

蝶英も、馬の上から燃えている前野の館を見つめていた。

あの炎の中に、師である老剣が眠っている。剣の師匠でもあり、父親でもあった。そして、自分を生かしてくれた、あの方。

目を開けたとき、あの方の優しい顔が目に焼きついていた。

娘《タリタ》よ。起きなさい《クミ》。

そう私に言った。何故か言葉がわかったのだ。

起き上がった。

側にいた法広様に抱えられて火の中を逃げた。あの方は火の中にいた。しかし、あの方は、生きている気がしている。私を生かしたように、あの方も生きている。

蝶英は、そう感じていた。

法広に聞いて、あの部屋には小花と老信もいたらしいと知った。あの火の中でも、彼らもきっと生きている。彼らは徐福と李将軍なのだから。

法広は右腕を痛めながら、騎馬で英子に続いていた。あの部屋で、屋根が崩れ落ちるとき、あの男、西子が振り向いて、確かにこう言ったのだ。

安心しなさい。

私は二度と、この者には会わないでしょう。

この者に、力も与えない。

この者の力も、もう尽きます。

他者に関わり、悪をなすことは、ないでしょう。

言葉が通じない西子の声が、どうして頭に響いてきたのか。法広にも、わからない。『気』も何も、感じることはなかった。

ただ、素直にその言葉を受け入れる自分がいた。

徐福は二度と現れることはない。心安らかに国に帰れ。そう、言われた気がした。


「蝶英。身体は大丈夫か」

英子が馬に乗る蝶英を気遣っている。

一度は斬られて死んだ姿を見ている。それが甦ったとは信じない。死は次の輪廻への旅立ちだ。蝶英が戻ってきたということは、死んではいなかった。そういうことだろう。死者は別の世界に輪廻し転生する。それが仏法の道理だ。

蝶英も、大丈夫です、と返事をする。老剣が死んで、代わりに自分は生き残った。そのことが、心を引き裂いたままだ。法広も、それを案じていた。

館を去る前に、龍円士の姿を見ていた。老剣は敗れたのだ。

気丈に振る舞ってはいるが、ほんの少女なのだ。父親代わりの死は、どんなにか、つらいだろう。

われわれの依頼で、この人たちを巻き込んでしまった。

法広にも悔いが残る。

しかも、自分に課せられた命は果たせなかった。不老不死は見つけたが、失ってしまった。二度と手に入ることはないだろう。これで、飛鳥で待つ裴世清が納得するとは思えない。まして、隋王には通用しない。裴世清と二人とも、罪は免れないだろう。

火の山の災いと前野主に叛いた兵で、東国の地も穏やかではない。英子たちも、街道を警戒しながら、飛鳥を目指して上っていく。護衛の兵も無くなり、途中の国や県を避けている。

富士の山が見える丘で、休息のために、皆、馬を降りる。馬に草を食《は》わせ、人は竹筒から水を飲む。

丘の下から、人が来る。

法広が、英子を守るように立つ。英子は、馬に乗る。いつでも走る準備をした。

「英子様、下がって下さい」

法広はそう言うと、蝶英を見た。いつものように剣は身につけていないのだ。

「蝶英。剣を」

声をかける。

「駄目」

蝶英の声。何故、と問い返す間もなく、蝶英が前に出てくる。

「私の相手」

龍円士、それに物部仁人が、ゆっくりと近づいてくる。仁人の兵も火の山や、叛いて脱ける者で失われていた。

「やめるんだ。あなたは仇を討ちたいだけだ」

法広の言葉に、蝶英は頸を振る。

「違う。法広様。龍派同士の立ち合い」

そう言うと、更に先に立つ。龍円士が笑っている。

「そうだ。蝶英。生きていたとはな。老剣は死んだ。龍派を継ぐ者。それを決める手合わせだ」

剣を抜いた。蝶英も剣を抜く。

「法広様。お願い。手出しは、しないで」

蝶英は正面に構えた。

憎しみよりも悲しみが残っている。心を鎮めた。

龍円士の笑いが消える。ごく短い間に、蝶英の技量が上がっている。若いだけに成長も早いだろう。それなら、なおさら、今のうちに潰しておかねばならない。龍円士は蝶英に近づいた。

「円士。娘を殺すな」

蝶英は不老不死について、何か知っている。そう、にらんだ仁人が声をかけると、龍円士は小さく頷く。

侮れない。じりじりと、龍円士は間合いをつめていく。

蝶英が、龍円士に飛び込んだ。龍円士は剣を払うと、返して蝶英に剣を振る。蝶英が剣を跳ねる。返した蝶英の剣が、そのまま龍円士の右肩に吸い込まれた。蝶英は、剣を引き抜きながら一回しして捻る。そのまま後ろに跳ぶ。真っ二つに折れた龍円士の剣の先が、落ちて地面に突き刺さった。龍円士は折れた剣を左手で持ち替えて、かろうじて構えている。右手はだらりと下がり、その肩からは、血が流れ落ちている。

蝶英は、手に持つ剣を龍円士に見せるようにした。

「厩戸皇子様の七星剣。英子様から、拝借しました。龍円士さん、その腕で二度と剣は使えないでしょう」

笑って、剣を鞘に収める。

「技の差ではない。剣の差で、私の勝ちです」

龍円士は折れた剣を構え直した。

「蝶英。物部を斬れ」

英子が、馬上から蝶英に命じた。物部は最後の一人まで滅ぼさねばならない。それが蘇我の一族としての務めなのだ。

英子の命を聞いて、手負いの龍円士が物部仁人の前に立ちはだかる。蝶英が斬りかかれば、今の龍円士には防げない。

蝶英は頸を振る。そして、馬上の英子を見上げた。

「私は、人を殺めません。あの方に命をもらったとき、誓いました」

英子はその言葉に苦笑いした。物部仁人と龍円士を見る。

「聞いての通りだ。われらは飛鳥へ帰る。人を殺めないのは、蝶英だけだ。おれは物部は見なかった。今度見れば、必ず斬る」

そう言うと、手綱を引いた。

「法広、帰るぞ」

馬の腹を蹴る。先頭きって走る。法広と蝶英も続く。物部仁人は黙って見送っている。そして振り向いた。

「円士、大事ないか」

刺された龍円士を案じていた。

飛鳥の斑鳩は、すっかり秋の気配が漂っている。宮殿の広間で厩戸皇子、そして向かい合って蘇我英子が座っている。広間の端の末席には、蝶英も隠れるように身を縮めて座っている。厩戸皇子は、じっと英子の話に耳を傾けていた。

一通り英子が話し終えると、そうか、と溜め息をついた。立ち上がって、外を見た。

「この世界は、不思議なことで満ちている」

英子を振り返る。

「あなたの話を信じるかどうか」

「皇子様、おれは、作り話など」

皇子は笑って頸を振る。

「最後まで聞きなさい。あなたの話を信じるかどうか。それは人それぞれだろう。隋の正使殿の望みには充分応えた。そういうことだな」

英子は頷いた。

「そうだ。それは、法広も承知している」

「それなら、もういいでしょう。約は果たした。充分に」

そう言うと、皇子は部屋の隅でかしこまる蝶英の元に近づいていく。屈み込んだ。蝶英は、恐縮して両手をついて頭を下げている。

「蝶英。顔を上げなさい」

顔を上げると、その目を見ながら声をかける。

「龍剣は、本当に残念だった。私が、山から無理に引っ張り出した。許してくれ」

蝶英は頸を振る。

「龍剣は、私にとっても武術の師だ。そして早くして父を亡くした、私の父親代わりでもあった。私も、おまえの気持ちと同じ思いだ」

蝶英も皇子の目を見て、頷いた。

「これからは、私が力になろう。そして、私の力になってくれ」

蝶英は、両手をついて頭を下げた。


蝶英が退出すると、厩戸皇子は再び英子と向かい合う。

「本当に、ご苦労だった。そして」

一旦、言葉を切った。英子は皇子が何を言い出すか、その口元を見つめている。

「東国の様子もわかったことだ。火の山が、東国の民にもたらした災いについても、知らせもある。その助けもいるだろう。英子。ご苦労だが、もう一度、東国に行って、民を助け、その辺りの氏族を束ねてくれ。全て大王の支配とする。そして、来《きた》るべき蝦夷の征伐に備えてくれ」

「おれが」

「ああ。親父殿には話してある。充分な数の兵を出すはずだ」

そのための探りか。わざわざ東国へ行かせたのも。英子はそう合点した。

もし、おれが東国の氏族に討ち取られても、蘇我の末子だ。征伐に行く名分にもなる。運良く、この騒ぎで、かの地の氏族が乱れている。厩戸皇子には隙がない。それに、物部仁人に触れないことは正しかった、そう胸を撫で下ろす。物部の名を出せば、また別の命が加えられたろう。

「かしこまりました」

英子は頭を下げる。皇子に見えないように笑っていた。

裴世清は法広の話を聞き終わる。黙っている。そして口を開いた。

「その西方の王という男。大興城で、やはり西域から来た商人から、聞いたことがある」

一旦、口をつぐんだ。法広を見ている。

「西域の更に西の国で。死者を甦らせる、そんな神を戴く教えがあるという。不老不死があるとすれば、東の蓬萊を探すより、西に求める方が正しいのかもしれない」

法広も初めて聞く話だ。

「大興城にも、その僧侶が来ているらしい」

「何という」

「確か、景教、そんな名の教えだ。何でも、神の子が磔刑《たっけい》で一度死んだが、甦り、また何処《いずこ》かへ消えた。そんな羊の皮に書かれた神の教書があるという」

「しかし、裴世清様。このまま帰国しては、われらは罪に問われることに」

裴世清は頸を振る。

「いや。隋を直接に脅かす生きた徐福を、一旦は退けたのだ。それに収穫もあった。咸陽に、確かに始皇帝の陵墓がある。その地下に万の死の軍団がいる。土の兵の兵馬俑がな。それに、死の世界で永遠に暮らせるだけの財宝もあるだろう。それを見つけ出すことだ。この罪で死を賜るようなことはあるまい。それに、われらが、この始末で地方に追われたとしても、大したことはない」

何故ですか、法広はそういう顔をした。

「倭のト占はよく当たる。侮ったものでもない」

裴世清の、脈絡のない言葉に頸を傾げる。

「法広がいない間、この地で何度も試みてみた。よく当たった。そして、隋の卜占と組み合わせて、われらの未来も占ってみた。口外するでないぞ」

法広は頷く。何を言い出すつもりか。裴世清の口元を見ている。

「十年もしないで隋は滅ぶ。この楊広王様が最後の隋の皇帝となる。あと、たかだか十年の辛抱だ」

そう言うと、裴世清は声を出して笑う。


難波津の港には、往路同様、数十隻の船が見送りの準備を終えている。どの船も極彩色の旗や流し布で飾られている。すぐ先に、隋に渡る大船が泊まっている。港の館から、渡し舟で人が乗り込み始めている。

飛鳥から、大和川に沿って難波津まで来た。蝶英は、港の外れでそんな光景を眺めている。捜し人の姿は、見当たらない。

「蝶英」

振り返ると、法広の笑顔があった。褐色の袈裟に身を包んでいる。

「見送りに来てくれたんだ」

蝶英は何も言えなかった。

涙が自然に溢れ出ている。

「法広様」

それでも、力を振り絞るようにして、声を出した。

「蝶英、何も言うな。わかっている」

法広は、蝶英を一瞬、両腕で強く抱き締める。そして、両肩を持って離した。

「あの方にもらった命だ。大切にするんだ。いいね」

蝶英はゆっくりと頷いた。そして
「法広様。あなたも。お身体を大切に」

か細い声で言うと、法広も頷いた。

法広との間には、蒼い大きな海が広がっている。もう二度と会うこともない。蝶英の涙は止まらない。

足元で、犬丸が小さく吠えた。

蝶英は、大きな渡航船の姿が見えなくなっても、いつまでも港に立ち続けていた。

〈著者紹介〉
都丸 幸泰（とまる ゆきやす）

大王《だいおう》の密使《みっし》

2024年4月26日　第1刷発行

著　者　　都丸幸泰
発行人　　久保田貴幸

発行元　　株式会社 幻冬舎メディアコンサルティング
〒151-0051　東京都渋谷区千駄ヶ谷4-9-7
電話　03-5411-6440（編集）

発売元　　株式会社 幻冬舎
〒151-0051　東京都渋谷区千駄ヶ谷4-9-7
電話　03-5411-6222（営業）

印刷・製本　中央精版印刷株式会社
装　丁　　弓田和則

検印廃止

Printed in Japan
ISBN 978-4-344-94977-5 C0093
幻冬舎メディアコンサルティングＨＰ
https://www.gentosha-mc.com/